跟青年谈鲁迅

冯文炳 著

中国文史出版社

图书在版编目（CIP）数据

跟青年谈鲁迅 / 冯文炳著 . —北京：中国文史出版社，2019.12

（素笔忆鲁迅）

ISBN 978-7-5205-1757-7

Ⅰ . ①跟… Ⅱ . ①冯… Ⅲ . ①鲁迅研究 Ⅳ . ① I210

中国版本图书馆 CIP 数据核字（2019）第 269225 号

责任编辑：孙　裕
装帧设计：蒲　钧

出版发行：中国文史出版社
社　　址：北京市海淀区西八里庄 69 号院　邮编：100142
电　　话：010-81136606　81136602　81136603（发行部）
传　　真：010-81136655
印　　装：北京地大彩印有限公司
经　　销：全国新华书店
开　　本：787×1092　1/16
印　　张：8.5
字　　数：78 千字
版　　次：2020 年 2 月北京第 1 版
印　　次：2020 年 2 月第 1 次印刷
定　　价：36.00 元

出版说明

  为纪念鲁迅诞辰 140 周年，我们策划了"素笔忆鲁迅"丛书。按照"曾在某一时期与鲁迅有过交往"的原则，选录周作人《鲁迅的青年时代》，许寿裳《亡友鲁迅印象记》《我所认识的鲁迅》，许广平《鲁迅回忆录》，郁达夫《回忆鲁迅》、萧红《回忆鲁迅先生》（此二篇合为一种《回忆鲁迅》），孙伏园《鲁迅先生二三事》，冯文炳《跟青年谈鲁迅》，荆有麟《鲁迅回忆》，共八种。这些文字经过时间的淘洗存留下来，大多已成为研究鲁迅的必读篇目。

  为了尽量保持作品原貌，我们全部使用了较早出版的版本进行适当加工。一是对一些异体字、标点符号等早期白话文的痕迹进行修正，以方便今天读者的阅读。二是由于几位作者个人情况迥异，以及原书初版年代上至20世纪30年代、下至50年代，不可避免地带有各个时代的烙印，有些文字、观点在今天看来或已不合时宜，而又与鲁迅生平没有直接联系，我们酌情做了处理。最后，我们适当插入了一些与鲁迅相关的老照片，希望对读者了解鲁迅的人生经历有所帮助。

编选工作如有不当之处，敬请读者谅解。

编　者

目录

为什么要研究鲁迅和怎样研究鲁迅

我们真应该来研究鲁迅。毛主席在《新民主主义论》里告诉我们："鲁迅的方向，就是中华民族新文化的方向。"我们如果真正懂得了这句话，换句话说，我们如果对鲁迅有了正确的认识，那对我们自己真不知要增加多大的力量，给了我们多大的修养！原来我们做的这项工作，正是马克思列宁主义联系中国实际的一个生动的课题。

鲁迅在他的青年时代，受严复翻译的《天演论》的影响非常大。鲁迅的《狂人日记》，在五四运动前夕，对于当时一切进步的知识分子，其影响更是非常之大的。大家到这时真真感到中国给封建统治太久了，封建道德是吃人的东西，非推翻它不可。这么一件大事，确实是给一篇《狂人日记》提醒了的。严复翻译的《天演论》只是使中国少数知识分子警惕起来，怕中国要受"淘汰"，因为"优胜劣汰"是"天演公例"。这种思想当时并不能摇撼中国的封建文化，一般国粹主义者照样鄙视"夷人"。孙中山领导了辛亥革命，中国也确实推翻了清朝统治，但正如毛主席说的，"三民主义是和教育界、学术界、青年界没有多大联系的"。鲁迅的《狂人日记》，是首先在文艺界树立起反封建的旗帜，使中国教育界、学术界、青年界有了礼教吃人的认识，从而有推翻旧道德的要求。《狂人日记》于一九一八年在《新青年》杂志上发表，在五四运动前一年。它的影响，只是由于时代的限制，在当时还不可能普及到工农群众中去。

鲁迅在当时是个反封建的革命战士，他迫切希望中国革命，他认为社会进步关键在于个性解放，他相信进化，将来会比现在好。（封建主义是不相信进化的，一切是今不如古，旧礼教是道德最好的标准！）但由于时代的限制，他同一般生物进化论者一样，在那时候还不懂得马克思列宁主义，不知道革命是阶级斗争。在半封建半殖民地的中国，革命爱国主义者鲁迅在五四前后要求个性解放，相信进化论，其启蒙作用、反封建作用还是非常之大的。但也因看不见革命的道路而彷徨，他的第一部小说集叫作《呐喊》，第二部小说集便叫作《彷徨》，用屈原"路漫漫其修远兮，吾将上下而求索"的话作了卷头语。这是一九二四年至一九二六年的事。这期间鲁迅在北京孤军奋斗，坚决同那些与帝国主义北洋军阀相勾结的反动知识分子做斗争。其实"十月革命一声炮响，给我们送来了马克思列宁主义"，一九二一年中国共产党已经成立了。鲁迅彷徨的日子也并不久，一九二七年在广州看见大屠杀以后他觉悟了，他开始认识"只信进化论的偏颇"。《二心集》上《关于小说题材的通信》，是答两个青年的，信上有这样的话："然而两位都是向着前进的青年，又抱着对于时代有所助力和贡献的意志，那时也一定能逐渐克服自己的生活和意识，看见新路的。"这是他当时向两位小资产阶级青年作家说的话，鲁迅自己已逐渐转变到无产阶级的立场上来了。他也一定"逐渐克服自己的生活和意识"，所以他看见"新路"。这便是"吾将上下而求索"的过程，是革命的实践。在《二心集》序言上他对自己便有了科学的论断："只是原先是憎恶这熟识的本阶级，毫不可惜它的溃灭，后来又由于事实的教训，以为惟新兴的无产者才有将来，却是的确的。"鲁迅便这样走进了无产阶级的阵营。自此以后一直到死，便是毛主席在《新民主主义论》里所说的中国文化革命的第三个时期，这时期国民党反动政权对中国共产党发动了两种"围剿"，军事"围剿"之外又是文化"围剿"，毛主席一面说"共产党在国民党统治区域内的一切文化机关中处于毫无抵抗力的地位"，一面说"共产主义者的鲁迅，却正在这一'围剿'中成了中国文化革命的伟人"。

根据以上所说，所以我们应该研究鲁迅，鲁迅与五四运动有那么大的关系，鲁迅与中国共产党与中国新民主主义革命有那么大的关系。"鲁迅的方向，就是中华民族新文化的方向"。

怎样研究鲁迅呢？一句话，要用马克思主义的阶级观点

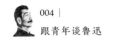
和历史分析方法。

我们还是以《狂人日记》为例。《狂人日记》在中国文化革命运动中起了那么大的反封建作用，它叫一向听惯了"仁义道德"的中国人忽然发生反省，一下子就相信"仁义道德"正是"吃人"的护身符，这是因为中国已经发生了资本主义经济，中国社会已逐渐改变了它的性质，不是完全的封建社会，进步的知识分子，尤其是青年学生界，到这时很容易接受进化论，要求个性解放，鲁迅的振臂一呼，就使得天下响应了。谁都不能否认，中国文化革命史上鲁迅的这一篇声讨封建文化的檄文是要大书特书的。这就是说，提倡进化论和要求个性解放，在历史上反封建运动启蒙时期是革命的。可是，在半殖民地半封建社会的中国，中国人民最强大的敌人是国外帝国主义和国内封建买办资产阶级的反动统治，中国问题只有中国共产党的成立与工人运动的展开才能获得解决，什么个性解放的话头在革命实践当中只能算是空谈。一九二一年至一九二七年期间，便是毛主席所谓中国文化革命第二个时期，其时中国在南方已经煽起了伟大的农民革命斗争，马克思列宁主义与中国革命实践结合的指导思想是毛主席的理论。像鲁迅的《狂人日记》那样的议论，鲁迅自己便说："现在倘再发那些四平八稳的'救救孩子'似的议论，连我自己听去，也觉得空空洞洞了。"（《答有恒先生》）"救救孩子"是《狂人日记》最后的一句话。岂但空空洞洞，像"书上写着这许多字，佃户说了这许多话，却都笑吟吟地睁着怪眼睛看我。我也是人,他们想要吃我了!"的话,从农民革命斗争看来,还嫌敌我不分哩,把统治阶级的历史与被剥削的"佃户"混为一谈。然而我们不能用这样的阶级观点来贬低《狂人日记》的价值,那样就不符合历史观点了。我们要记住《狂人日记》是在五四文化革命的前夕写的,当时国内的人们还不可能用阶级观点来看问题,而它在反对封建礼教运动当中是建立了伟大的功劳的。我们便这样来研究鲁迅,就是把作品创作的年代和作品在当时所起的作用联系起来看,不是用现在的理论水平来批评它。这是运用历史分析方法。

当我们运用历史分析方法的时候,我们已掌握了阶级观点。必须掌握阶级观点,才能正确地运用历史分析方法。我们更须说明阶级观点。阶级观点是马克思主义武装我们的头脑的法宝,我们用来研究鲁迅,真真是一个生动的课题,我们将发现鲁迅的思想原来是伟大的毛主席的理论的旁证。毛主席在一九二六年写了《中国社会各阶级的分析》,以科学的预见规定了中国革命的路线,后来的事实证明中国革命便是遵循这条伟大的路线取得胜利,它的主要意义是工人阶级为领导,最广大和最忠实的同盟军是农民。从总结中国过去历史的经验说,便是原来有的农民起义,加上现代有的先进的阶级即工人阶级的领导,结果中国历史乃发生了质变。革命,更包括了建设。我们大家现在再回头来学习毛主席这一篇最早的文章,《中国社会各阶级的分析》,才体会到什么叫

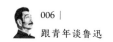

作科学的预见性。鲁迅在一九二五年写了几篇杂文，都是关心中国的未来的，从过去整个历史谈起，迫切要求中国革命，要求革命后的建设。我们举《再论雷峰塔的倒掉》为例。鲁迅先写了一篇《论雷峰塔的倒掉》，那是拿雷峰塔的倒掉来比喻中国封建社会的溃灭，他一听说杭州雷峰塔倒掉了，便写了这一篇优美的文章，"现在，他居然倒掉了，则普天之下的人民，其欣喜为何如？"鲁迅真是兴会淋漓。后来因为报纸上一篇通讯里说，"雷峰塔之所以倒掉，是因为乡下人迷信那塔砖放在自己的家中，凡事都必平安，如意，逢凶化吉，于是这个也挖，那个也挖，挖之久久，便倒了"，他乃写《再论雷峰塔的倒掉》，明确地说出他对中国历史的看法。他说中国历史上有两种破坏，一种是"寇盗式的破坏"，一种是"奴才式的破坏"。寇盗式的破坏"是狂暴的强盗，或外来的蛮夷"，"结果只能留下一片瓦砾，与建设无关"；奴才式的破坏如乡下人的挖去雷峰塔砖，"结果也只能留下一片瓦砾，与建设无关"。"我们要革新的破坏者，因为他内心有理想的光。我们应该知道他和寇盗奴才的分别；应该留心自己堕入后两种。这区别并不繁难，只要观人，省己，凡言动中，思想中，含有借此据为己有的朕兆者是寇盗，含有借此占些目前小便宜的朕兆者是奴才，……"鲁迅这些话，指出对革命有害的两种破坏，指出中国革命所需要的革新的、为了建设的破坏。这种理论，对于当时国内军阀的破坏和一般贪小便宜者的破坏，是具有战斗作用的。因

一九三六年十月八日，鲁迅抱病与青年木刻作家交流。

十一天后，鲁迅先生溘然长逝

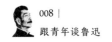
此，这篇文章在当时是有它的现实意义的。但要是进一步问怎样进行建设的破坏，在这篇文章里就没有答复。鲁迅在当时还没有掌握马克思列宁主义，对这个问题不可能有具体的答复。只有毛主席在《中国社会各阶级的分析》里才解决了这个问题，以工人阶级为领导，以工农联盟为基础的革命，才能进行为了建设的破坏。这也就是说，半封建半殖民地的中国，它的革命的主力在哪里？它的敌人究竟是谁？必须要从阶级上分清敌我，然后革命才有目标，自己才有队伍！我们于此格外懂得马克思列宁主义是行动的指南，毛主席《中国社会各阶级的分析》对中国革命的意义之重大！从这里，我们肯定鲁迅的《再论雷峰塔的倒掉》的战斗作用，也指出他缺乏阶级观点的局限性。我们对于鲁迅在掌握马克思列宁主义以前的作品，就是这样来研究的。我们再要研究鲁迅在革命实践中，怎样由进化论和个性解放论转变到马克思列宁主义，认识到鲁迅真正的伟大。

以上是说怎样研究鲁迅。

在《热风》里鲁迅曾说：

"所以我时常害怕，愿中国青年都摆脱冷气，只是向上走，不必听自暴自弃者的话。能做事的做事，能发声的发声，有一分热，发一分光，就令萤火一般，也可以在黑暗里发一点光，不必等候炬火。

此后如竟没有炬火，我便是唯一的光。倘若有了炬火，出了太阳，我们自然心悦诚服的消失，不但毫无不平，而且还要随喜赞美这炬火或太阳，因为他照了人类，连我都在内。"

这是五四前一年鲁迅的话，这话里充满着渴望革命、准备把自己的一切献给革命的精神。正像鲁迅说的，中华民族已经有了炬火，出了太阳，那便是毛主席指导中国革命的最正确的理论。中国在共产党和毛主席的正确领导下，由新民主主义革命而过渡到社会主义的建设。鲁迅如果活着，他该是怎样的欢喜，他一定领导我们学习中国共产党的党史和党的政策，学习毛主席的著作，说着："太阳照了人类，连我都在内。"

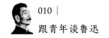
鲁迅的少年时代

　　鲁迅，这是笔名。他的真姓名是周树人。母亲姓鲁，故用了这样的笔名。

　　鲁迅在俄文译本《阿Q正传》自叙传略开首第一句写道："我于一八八一年生在浙江省绍兴府城里的一家姓周的家里。"在《英译本短篇小说选集自序》里有这样的话："我生长于都市的大家庭里，从小就受着古书和师傅的教训。"同序里又说："但我母亲的母家是农村，使我能够间或和许多农民相亲近。"这里告诉我们三件事：一、他生长在绍兴这个都市里；二、他小时所受的教育；三、他同农民亲近。

1

　　在《女吊》这一篇的开头，鲁迅这样写：

"大概是明末的王思任说的罢：'会稽乃报仇雪耻之乡，非藏垢纳污之地！'这对于我们绍兴人很有光彩，我也很喜欢听到，或引用这两句话。……"

这一篇《女吊》，是鲁迅最后写的文章，一九三六年九月十九—二十日写的，比作为遗嘱而写的那篇《死》还要后半个月。写的是复仇的"女性的吊死鬼"。一下笔便联想到"会稽乃报仇雪耻之乡，非藏垢纳污之地"这两句话，不，这两句话就是他写这篇文章的中心思想，要报仇，因为中国尚未解放，"女吊"乃是这个思想的形象化。他认为绍兴人"在戏剧上创造了一个带复仇性的，比别的一切鬼魂更美，更强的鬼魂。这就是'女吊'。"鲁迅在最后写这一篇文章，意义甚大，等于屈原的《国殇》，表现他不忘记绍兴，不忘记绍兴的人民，将复仇的真理记录下来，作为遗教。绍兴是他的故乡，实在除了被压迫者居住的地方，鲁迅是没有另外的故乡的。在他的小说《故乡》里，主要是写贫苦的农民闰土。他的文章里不着重写风景，但他真能写出地方的色彩，是充满了斗争意志的人民的地方。他怎能不爱这些人民，他怎能不爱这个地方！换句话说，鲁迅是爱中国呵！他在《女吊》里给我们介绍《目连戏》开场的"起殇"，他这样写：

"'起殇'者，绍兴人现已大抵误解为'起丧'，以为就是召鬼，其实是专限于横死者的。《九歌》中的

《国殇》云：'身既死兮神以灵，魂魄毅兮为鬼雄'，当然连战死者在内。明社垂绝，越人起义而死者不少，至清被称为叛贼，我们就这样的一同招待他们的英灵。在薄暮中，十几匹马，站在台下了；戏子扮好一个鬼王，蓝面鳞纹，手执钢叉，还得有十几名鬼卒，则普通的孩子都可以应募。我在十余岁时候，就曾经充过这样的义勇鬼，爬上台去，说明志愿，他们就给在脸上涂上几笔彩色，交付一柄钢叉。待到有十多人了，即一拥上马，疾驰到野外的许多无主孤坟之处，环绕三匝，下马大叫，将钢叉用力的连连刺在坟墓上，然后拔叉驰回，上了前台，一同大叫一声，将钢叉一掷，钉在台板上。我们的责任，这就算完结，洗脸下台，可以回家了'……"

这里写得多么有声有色，是鲁迅心中的故乡，他怎能不爱它！读者又怎能不跟着他爱它！在中国革命胜利了的今天，农村中剥削阶级彻底消灭了，我们大家的思想意识都经过改造了，我们再来回头看看毛主席《在延安文艺座谈会上的讲话》以前的文艺作品，连古人的集子在内，像鲁迅这样生动有力的文章是不多的。我们读着能得到很大的教育，原因便在于他是革命爱国主义者，对中国人民寄予极大的希望，他的写作都是通过他的斗争意志的。像鲁迅这样的人才配得上叫作爱故乡。

我们还应该抄他写《女吊》的两段：

　　"这之后，就是'跳女吊'。自然先有悲凉的喇叭；少顷，门幕一掀，她出场了。大红衫子，黑色长背心，长发蓬松，颈挂两条纸锭，垂头，垂手，弯弯曲曲的走一个全台，内行人说：这是走了一个'心'字。为什么要走'心'字呢？我不明白。我只知道她何以要穿红衫。看王充的《论衡》，知道汉朝的鬼的颜色是红的，但再看后来的文字和图画，却又并无一定颜色，而在戏文里，穿红的则只有这'吊神'。意思是很容易了然的；因为她投缳之际，准备作厉鬼以复仇，红色较有阳气，易于和生人相接近，……绍兴的妇女，至今还偶有搽粉穿红之后，这才上吊的。……

　　她将披着的头发向后一抖，人这才看清了脸孔：石灰一样白的圆脸，漆黑的浓眉，乌黑的眼眶，猩红的嘴唇。听说浙东的有几府的戏文里，吊神又拖着几寸长的假舌头，但在绍兴没有。不是我袒护故乡，我以为还是没有好；那么，比起现在将眼眶染成淡灰色的时式打扮来，可以说是更彻底，更可爱。不过下嘴角应该略略向上，使嘴巴成为三角形：这也不是丑模样。假使半夜之后，在薄暗中，远处隐约着一位这样的粉面朱唇，就是现在的我，也许会跑过去看看的，但自然，却未必就被诱惑得上吊。她两眉微耸，四顾，倾听，似惊，似喜，似怒，终于发出悲哀的声音，慢慢地唱道：

　　'奴奴本是杨家女，

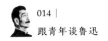
呵呀，苦呀，天哪！'"

这真是"比别的一切鬼魂更美，更强的鬼魂"，鲁迅是多么爱她！我们说鲁迅的《女吊》等于屈原的《国殇》，是就他们对祖国的忠诚说的，究其实鲁迅是人民革命时代的先觉，通过中国共产党，他已经知道人民的力量，有意借这一个女鬼写出被压迫者复仇的美丽形象，告诉人民要争取胜利。这个美丽的形象是他的故乡绍兴给他的。

<h2 style="text-align:center">2</h2>

再说鲁迅小时所受的教育。在《朝花夕拾》里有一篇《五猖会》，从这篇文章里我们可以知道鲁迅七岁时读书的情形。一天清早，他家里的人正准备带他去看赛会，是坐船去。

"昨夜预定好的三道明瓦窗的大船，已经泊在河埠头，船椅、饭菜、茶炊、点心盒子，都在陆续搬下去了。我笑着跳着，催他们要搬得快。忽然，工人的脸色很谨肃了，我知道有些蹊跷，四面一看，父亲就站在我背后。

'去拿你的书来。'他慢慢地说。

这所谓'书'，是指我开蒙时候所读的《鉴略》。因为我再没有第二本了。我们那里上学的岁数是多拣单数的，所以这使我记住我其时是七岁。

我忐忑着，拿了书来了。他使我同坐在堂中央的桌子前，教我一句一句地读下去。我担着心，一句一句地读下去。

两句一行，大约读了二三十行罢，他说：——

'给我读熟。背不出，就不准去看会。'

他说完，便站起来，走进房里去了。

我似乎从头上浇了一盆冷水。但是，有什么法子呢？自然是读着，读着，强记着，——而且要背出来。

粤自盘古，

生于太荒，

首出御世，

肇开混茫。

就是这样的书，我现在只记得前四句，别的都忘却了；那时所强记的二三十行，自然也一齐忘却在里面了……"

后来家里又把他送到书塾里去上学，这个书塾便是《朝花夕拾》里所描写的三味书屋。他这样描写他第一天上学的情形：

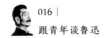
　　"出门向东，不上半里，走过一道石桥，便是我的先生的家了。从一扇黑油的竹门进去，第三间是书房。中间挂着一块扁道：三味书屋；扁下面是一幅画，画着一只很肥大的梅花鹿伏在古树下。没有孔子牌位，我们便对着那扁和鹿行礼。第一次算是拜孔子，第二次算是拜先生。"

　　那时孩子第一次上学先要对着孔子牌位拜孔子，没有牌位心目中也依然当作有孔子牌位那样对着拜，拜了孔子再拜老师，所以鲁迅这样写。鲁迅在书塾里算是一个年龄较大的学生，在《朝花夕拾》第三篇《二十四孝图》里有这样的叙述：

　　"我们那时有什么可看呢，只要略有图画的本子，就要被塾师，就是当时的'引导青年的前辈'禁止，呵斥，甚而至于打手心。我的小同学因为专读'人之初性本善'读得要枯燥而死了，只好偷偷地翻开第一页，看那题着'文星高照'四个字的恶鬼一般的魁星像，来满足他幼稚的爱美的天性。昨天看这个，今天看这个，然而他们的眼睛里还闪出苏醒和欢喜的光辉来。"

　　这说的是他的"小同学"，开蒙读《三字经》的同学，可见他自己年龄较大程度较高了。总之这是当时封建教育的一幅图画。

鲁迅在他的《二十四孝图》里是记他当时看二十四孝图的情形，其中他特别对《老莱娱亲》和《郭巨埋儿》两图发生反感，他这样记着：

> "我至今还记得，一个躺在父母跟前的老头子，一个抱在母亲手上的小孩子，是怎样地使我发生不同的感想呵。他们一手都拿着'摇咕咚'。这玩意儿确是可爱的，北京称为小鼓，盖即鼗也，朱熹曰：'鼗，小鼓，两旁有耳；持其柄而摇之，则两耳还自击。'咕咚咕咚地响起来。然而这东西是不该拿在老莱子手里的，他应该扶一枝拐杖。现在这模样，简直是装佯，侮辱了孩子。我没有再看第二回，一到这一页，便急速地翻过去了。
>
> 　那时的'二十四孝图'，早已不知去向了，目下所有的只是一本日本小田海仙所画的本子，叙老莱子事云：'行年七十，言不称老，常着五色斑斓之衣，为婴儿戏于亲侧。又常取水上堂，诈跌仆地，作婴儿啼，以娱亲意。'大约旧本也差不多，而招我反感的便是'诈跌'。无论忤逆，无论孝顺，小孩子多不愿意'诈'作，听故事也不喜欢是谣言，这是凡有稍稍留心儿童心理的都知道的。"

接着另叙"郭巨埋儿"的事情云：

"至于玩着'摇咕咚'的郭巨的儿子，却实在值得同情。他被抱在他母亲的臂膊上，高高兴兴地笑着；他的父亲却正在掘窟窿，要将他埋掉了。说明云，'汉郭巨家贫，有子三岁，母尝减食与之。巨谓妻曰，贫乏不能供母，子又分母之食。盍埋此子？'但是刘向'孝子传'所说，却又有些不同：巨家是富的，他都给了两弟；孩子是才生的，并没有到三岁。结末又大略相像了，'及掘坑二尺，得黄金一釜'，上云：天赐郭巨，官不得取，民不得夺！'

我最初实在替这孩子捏一把汗，待到掘出黄金一釜，这才觉得轻松。然而我已经不但自己不敢再想做孝子，并且怕我父亲去做孝子了。家景正在坏下去，常听到父母愁柴米；祖母又老了，倘使我的父亲竟学了郭巨，那么，该埋的不正是我么？如果一丝不走样，也掘出一釜黄金来，那自然是如天之福，但是，那时我虽然年纪小，似乎也明白天下未必有这样的巧事。"

在这篇文章的结末鲁迅还作着总结道：

"彼时我委实有点害怕：掘好深坑，不见黄金，连'摇咕咚'一同埋下去，盖上土，踏得实实的，又有什么法子可想呢。我想，事情虽然未必实现，但我从此总怕听到我的父母愁穷，怕看见我的白发的祖母，总觉得她是和我不两立，至少，也是一个和我的生命有些妨碍的人。"

这些就是鲁迅做孩子时受封建教育的情况。封建教育给予孩子心灵上的毒害，从这里就可以明显地看出来。鲁迅在少年时期就非常敏感，也可从这里看出来。

鲁迅小时喜欢看图，喜欢看旧小说上面的"绣像"，而且喜欢描画这些绣像，这件事我们也应该注意，因为这件事与后来鲁迅创作小说很有关系。鲁迅写小说的方法，当然吸收了外国小说的长处，但他对中国民间的艺术懂得特别深，而且酷爱其一点，即是不要背景。他在"我怎么做起小说来"这一篇文章里说道："中国旧戏上，没有背景，新年卖给孩子看的花纸上，只有主要的几个人（但现在的花纸却多有背景了），我深信对于我的目的，这方法是适宜的，所以我不去描写风月，对话也决不说到一大篇。"鲁迅的小说正是"只有主要的几个人"，以这几个人提出当时中国社会的问题。这个方法，在五四初期，一般的读者知其然不知其所以然。鲁迅自始至终"注意于中国旧书上的绣像和画本，以及新的单张的花纸"（《连环图画辩护》），他是有深意的，他爱好中国民间的艺术，他创造小说默默地有取于它，他做儿童时就喜欢过它。在《朝花夕拾》里有好几篇都写着鲁迅小

时看图画的事，把那一个小孩子的欢喜的光辉完全保留在纸上。我们且抄《从百草园到三味书屋》这一篇里面的话：

> "我是画画儿，用一种叫作'荆川纸'的，蒙在小说的绣像上一个个描下来，像习字时候的影写一样。读的书多起来，画的画也多起来；书没有读成，画的成绩却不少了，最成片段的是《荡寇志》和《西游记》的绣像，都有一大本。"

所以我们谈到鲁迅小时所受的教育，他喜欢看图画这件事是应该加以注意的。

3

我们再说少年鲁迅同农民的关系。无疑的，我们研究鲁迅，了解这种关系是非常重要的。鲁迅生长在都市，后来又在南京四年，在日本七年多，他开始写小说的时候已是在北京住了六年，然而鲁迅主要的小说不是写都市，从鲁迅谈他自己创作的话来分析他的思想意识，他丝毫没有想到要表现产业工人。他关心"下层社会的不幸"，这下层社会是中国的农村。他渴望中国革命，而本着他所熟悉的中国农村来看中国革命如何能成功，他便来写小说，用他自己的话，"提出一些问题而已"（《英译短篇自序》）。他从一开始就把问题放在农民身上，以及城市里小市民身上。他同五四新文学运动另外几个发起的人之所以不同，其关键便在于革命爱国主义者鲁迅关心农民，描写农民的生活。他从小就熟悉农村生活。"但我母亲的母家是农村，使我能够间或和许多农民相亲近"，鲁迅这样说，是他自己指出这个意义。

在鲁迅的小说里，虽像《一件小事》那样写一个具有优秀品质的人力车夫，但主要的小说是写农民的。像《社戏》里面的人物是写得质朴可爱的，《社戏》便是鲁迅以他母亲的母家作为背景的农村故事。其中双喜，阿发，桂生，都是小孩子，我们且不谈，我们且来看鲁迅怎样写八公公和六一公公罢。一群小孩子荡着八公公的船夜里去看戏，戏看完了，归途上岸偷了罗汉豆到船舱里煮了吃，在六一公公的田里各人都偷了一大捧。"吃完豆又开船，一面洗器具，豆荚豆壳全抛在河水里，什么痕迹也没有了。双喜所虑的是用了八公公船上的盐和柴，这老头子很细心，一定要知道，会骂的。"但到小说快要收结时，鲁迅这样写："第二天，我向午才起来，并没有听到什么关系八公公盐柴事件的纠葛，下午仍然去钓虾。"

对于六一公公，当他知道孩子们偷了他田里的豆，他认为这是请客，是应该的。这时"迅哥儿"在那里钓虾。"待到母亲叫我回去吃晚饭的时候，桌上便有了一大碗煮熟了的罗汉豆，就是六一公公送给母亲和我吃的。"鲁迅就是这样描写农民的质朴的善良的性格。

　　我们再说一件事，关于鲁迅小说的背景。据《社戏》里说，鲁迅母亲的母家是"临河的小村庄"。准此，我们有理由推定《风波》这篇小说里所写的小村庄便是它。这村里的航船七斤在革命时（辛亥革命）进城被人剪去了辫子。准此，我们有理由推定阿Q是这航船七斤的邻村人，因为《阿Q正传》里有记载："据传来的消息，知道革命党虽然进了城，倒还没有什么大异样，……只有一件可怕的事是另有几个不好的革命党夹在里面捣乱，第二天便动手剪辫子，听说那邻村的航船七斤便着了道儿，弄得不像人样子了。"所以我们确实可以说，这一个农村，鲁迅母亲的母家，同鲁迅后来写小说是很有关系的，他在这里认识了许多农民。

鲁迅在日本

　　鲁迅生在中国旧式士大夫家庭里。在他十三岁以前，他的家庭是"小康人家"。他的祖父是清朝的一个进士。鲁迅十三岁那年，祖父因故下狱，同时他的父亲生了重病，家庭经济非常困难。《呐喊》自序里说："我有四年多，曾经常常，——几乎是每天，出入于质铺和药店里，年纪可是忘却了，总之是药店的柜台和我一样高，质铺的是比我高一倍，我从一倍高的柜台外送上衣服或首饰去，在侮蔑里接了钱，再到一样高的柜台上给我久病的父亲去买药。"鲁迅用了他所清楚记得的两样店铺的柜台给我们画了一个形象，说实在话，在旧日社会里有三件事城市里的小孩子不懂，即是药铺与当铺，再便是监狱。而鲁迅当时大约都经验过了。我们已经知道，鲁迅爱画画儿，曾把《荡寇志》和《西游记》的绣像描了一大本，这一大本，在那同一篇文章里他说："后来，为要钱用，卖给一个有钱的同窗了。"这无疑是出入于质铺

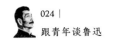
和药店的时候。在他父亲故去之后，他在《朝花夕拾》里的一篇《琐记》里说："我其时觉得有许多东西要买，看的和吃的。只是没有钱。"他并说这时家里已经没有东西可以变卖了。他并说这时他对城里人的脸"早经看熟，如此而已，连心肝也似乎有些了然"。可见他受的刺激之深。就在这时，他十八岁，他的母亲为他筹了八元旅费由他到南京去投考不要学费的学校，他考进了江南水师学堂。那时读书人还认为科举应试是正路，进学校叫作"学洋务"，是被人瞧不起的。而鲁迅争取着走新的路。他在水师学堂学了一年，《琐记》里说，"总觉得不大合适，可是无法形容出这不合适来。现在是发见了大致相近的字眼了，'乌烟瘴气'，庶几乎可也。只得走开。"第二年他改入仍在南京的江南陆师学堂附设的矿路学堂。进这学堂的第二年，"总办是一个新党，他坐在马车上的时候大抵看着《时务报》"。这时，我们可以看见当时所谓"新学"对鲁迅的鼓舞了，在《琐记》里有这样的文章：

　　"看新书的风气便流行起来，我也知道了中国有一部书叫《天演论》。星期日跑到城南去买了来，白纸石印的一厚本，价五百文正。翻开一看，是写得很好的字，开首便道：——

　　'赫胥黎独处一室之中，在英伦之南，背山而面野，槛外诸境，历历如在机下。乃悬想二千年前，当

罗马大将恺撒未到时，此间有何景物？计惟有天造草昧……'

哦！原来世界上竟还有一个赫胥黎坐在书房里那么想，而且想得那么新鲜？一口气读下去，'物竞''天择'也出来了，苏格拉第、柏拉图也出来了，斯多噶也出来了。学堂里又设立了一个阅报处，《时务报》不待言'，还有《译学汇编》，那书面上的张廉卿一流的四个字，就蓝得很可爱。

'你这孩子有点不对了，拿这篇文章去看去，抄下来去看去。'一位本家的老辈严肃地对我说，而且递过一张报纸来。接来看时，'臣许应骙跪奏……'，那文章现在是一句也不记得了，总之是参康有为变法的；也不记得可曾抄了没有。

仍然自己不觉得有什么'不对'，一有闲空，就照例地吃伥饼、花生米、辣椒，看《天演论》。"

这文章是在吃辣椒看《天演论》后二十六七年写的，鲁迅还是情不自禁，写得多么喜悦，我们可以看出青年鲁迅当时是多么的欢欣鼓舞呵！星期日跑去买了本《天演论》来，一口气读下去，"物竞""天择"的问题都提出了，鲁迅这时对于中国的封建社会，一定是感到天翻地覆，他一定是用了新的方法去思考了，就是资产阶级民主革命思想在他那里有了萌芽。他从始就不是一个改良主义者，同康有为等当时的

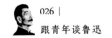
"新党"不同，他同情康有为、严复，是对他们的进步性共鸣，康、严都是毛主席说的"先进的中国人"，都曾经向西方国家寻找真理。鲁迅在后来的文章里对康有为总没有说过坏话，就是在写《花边文学》的时候还是同情他。在别人批评严复的翻译时，鲁迅又极力替严复辩护。他掌握了历史观点，同毛主席是不谋而合。

鲁迅一八九八年到南京，一九〇一年在矿路学堂毕业，一九〇二年由江南督练公所派赴日本留学。在南京四年之中，有一八九八年"戊戌维新变法"，一九〇〇年义和团反帝斗争和八国联军攻陷北京，一九〇一年《辛丑条约》，这些事故对他的爱国思想起了多大的刺激，我们可想而知，他也就决定了他自己救国的道路，他的道路可以说是向日本人学习的。如他自己在《自叙传略》上所说，他在南京本来是学开矿的，"但待到在东京的豫备学校毕业，我已经决意要学医了，原因之一是因为我确知道了新的医学对于日本的维新有很大的助力"。这就表示青年鲁迅认为要救中国就要学日本维新。"日本人向西方学习有成效，中国人也想向日本人学习"，毛主席这样形容那时人们的心理，鲁迅正是如此。在选择维新的道路上，鲁迅同一般小资产阶级知识分子不同，先是他决意学医，二年之后又决意学文学，在当时很少有同调的。在他到仙台医学专门学校时，他说那里"还没有中国的学生"。他总有着较一般更为彻底的要求。他的出发点是在于"思想革命"。因为他革命的意识重，爱国的意识重，所以他学一种东西，从来没有单纯技术的要求，不论学医，或者学文学，都是为着救中国。他也同当时革命的知识分子一样，深深怀着民族革命的感情，一九〇三年他在东京送照片给朋友，在照片上面题着"我以我血荐轩辕"的诗句。这里的"轩辕"是代表汉族，即为了革命（当时的革命要打倒满族所建立的政权）而献身的意思。在他从东京出发往仙台去，经过水户这驿站，他记住这个地方，因为"这是明的遗民朱舜水先生客死的地方"。这事在《朝花夕拾》里的《藤野先生》这篇文章里有着记载。一鳞一爪，我们可以看出鲁迅怎样的深心呵！他在东京听说革命志士徐锡麟、秋瑾被杀的消息，他悲恸已极，他一直不能忘记，到了写《狂人日记》写《药》的时候还要纪念他们！我们去翻《狂人日记》里"徐锡林"的名字罢，《药》里的"夏瑜"就是秋瑾的纪念罢！

他先在仙台学医，二年之后要改学文学，这缘故他自己讲过好几次的。那时正当日俄战争的时候，在《藤野先生》里面鲁迅这样记着：

"但我接着便有参观枪毙中国人的命运了。第二年添教霉菌学，细菌的形状是全用电影来显示的，一段落已完而还没有到下课的时候，便影几片时事的片子，自然都是日本战胜俄国的情形。但偏有中国人夹在里边：给俄国人做侦探，被日本军捕获，要枪毙了，围着看的

也是一群中国人；在讲堂里的还有一个我。

'万岁！'他们都拍掌欢呼起来。

这种欢呼，是每看一片都有的，但在我，这一声却特别听得刺耳。此后回到中国来，我看见那些闲看枪毙犯人的人们，他们也何尝不酒醉似的喝采，——呜呼，无法可想！但在那时那地，我的意见却变化了。"

这是隔了二十多年以后追述的话，他说着"无法可想"，是因为他的矛盾甚深，他还不能从阶级观点看问题，我们在此不做分析。我们只看那时那地，鲁迅以一个中国青年学生，在那一群拍掌欢呼的日本人当中又只有他一个中国人，他受了多么大的刺激呵！因了这一刺激，他认为中国人"麻木"，他学医的志愿变化了，他认为第一要招是改变国民的精神，"而善于改变精神的是，我那时以为当然要推文艺"，于是他弃医不学离开仙台到东京去提倡文艺运动。这个变化也是很不容易的，在那时他能把文艺看得那么重要，"当然要推文艺"。我们于此也可以看出，在他学医的同时，他已经接触了世界文学，世界文学上的革命爱国诗人已经给他以鼓动。从此资产阶级民主革命的欧洲文学，英国的拜伦、雪莱，德国的海涅，俄国的普希金、莱蒙托夫，波兰的显克微支，匈牙利的彼得斐，对他都发生了影响。鲁迅实在是一个诗人，不过在文艺形式上他应该向小说方面发展，所以在外国文学之中，他慢慢集中注意于小说，影响他最深的是俄国的果戈理和波兰的显克微支，在他们的作品里，讽刺的笔调，爱国的热诚，深深地感动了他。五四时期他在创作上的伟大贡献，这时候已经在酝酿中了，在他这里已经有了新文学的萌芽，即革命的民主的爱国的文学。

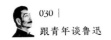

辛亥革命与鲁迅

　　孙中山所领导的辛亥革命属于资产阶级的民主革命，要把中国变成资产阶级的共和国。毛主席在《论人民民主专政》里告诉我们："资产阶级的共和国，外国有过的，中国不能有，因为中国是受帝国主义压迫的国家。"我们现在各个人懂得毛主席的话，因为我们亲眼看见了伟大的革命胜利，受了教育，有了一定的政治知识。可是在辛亥革命当时，道理还在闷葫芦里。在一开始就认为辛亥革命失败了的人有，鲁迅是其一。为什么失败？鲁迅也只有苦闷，一时没有找到它的真正原因。

　　我们已经说过，鲁迅留学日本，很有学日本维新的意思。"帝国主义的侵略打破了中国人学西方的迷梦。很奇怪，为什么先生老是侵略学生呢？"毛主席现在这样向我们发问，可是鲁迅当时还正在老老实实用功做学生，不可能懂得帝国主义侵略的本质。这是一件事情。再一件事，因为外国资本主义的侵入，在十九世纪的六十年代，中国近代工业开始出现，换句话说，从鸦片战争以后，中国社会生长了一个新的阶级，即工人阶级。当时马克思列宁主义还没有传到中国来，鲁迅自然不可能考虑到领导阶级的问题，辛亥革命失败的原因他归咎于农民以及一般小市民为"愚弱的国民"，怀疑群众的力量。这便是鲁迅失望、苦闷的原因。同时他的革命爱国精神格外加深，可以说他长期处于一种孤独痛苦的心境当中。他在辛亥革命前两年回国。他同情辛亥革命，参加了革命团体（光复会），同时他讽刺辛亥革命。这个态度他在日本留学时就表现着。在《朝花夕拾》里面《范爱农》这一篇文章里，他记载着当时在东京的留日学生的情形，当然都是些小资产阶级革命知识分子，他自己也在内，听了徐锡麟被杀的消息，"人心很愤怒"。接着就有这样的句子："照例还有一个同乡会，吊烈士，骂满洲。"分明是讽刺的口吻了，说着"照例"。在同一篇文章里，叙到辛亥革命的前一年，他在绍兴做教员，会见了东京分别的范爱农，文字并不少，等到言入革命，真是说时迟那时快的样子，只是这样的两句："忽然是武昌起义，接着是绍兴光复。"鲁迅不满的心情可想而知了。然而鲁迅的笑容也确实是可掬的，他接着这样写：

"第二天爱农就上城来，戴着农夫常用的毡帽，那笑容是从来没有见过的。

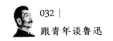
　　'老迅，我们今天不喝酒了。我要去看看光复的绍兴。我们同去。'

　　我们便到街上去走了一通，满眼是白旗。然而貌虽如此，内骨子是依旧的，因为还是几个旧乡绅所组织的军政府，什么铁路股东是行政司长，钱店掌柜是军械司长……"

　　他于一九一二年离开绍兴，同年往北京，以后长期在北京（直到一九二六年秋被迫南下）。《头发的故事》是他用小说体裁写他一九二〇年在北京对双十节的感慨，我们且抄出这些来：

　　"我最佩服北京双十节的情形。早晨，警察到门，吩咐道'挂旗。''是，挂旗！'各家大半懒洋洋的踱出一个国民来，撅起一块斑驳陆离的洋布。这样一直到夜，——收了旗关门；几家偶然忘却的，便挂到第二天的上午。

　　他们忘却了纪念，纪念也忘却了他们。

　　我也是忘却了纪念的一个人。倘使纪念起来，那第一个双十节前后的事，便都上我的心头，使我坐立不稳了。

　　多少故人的脸，都浮在我眼前。几个少年辛苦奔走了十多年，暗地里一颗弹丸要了他的性命；几个少年一击不中，在监牢里身受一个多月的苦刑；几个少年怀着远志，忽然踪影全无，连尸首也不知那里去了。——

他们都在社会的冷笑恶骂迫害倾陷里过了一生；现在他们的坟墓也早在忘却里渐渐平塌下去了。

我不堪纪念这些事。

我们还是记起一点得意的事来谈谈罢。"

对于鲁迅确是有一件得意的事，便是辛亥革命剪了辫子，便是《头发的故事》的主题。说他是悲痛也可以，说他是讽刺也可以。

在北洋军阀时期住过北京的人，对《头发的故事》所描写的北京双十节的情形，虽然文字不多，现实的意义甚大，真只有鲁迅一鳞一爪反映出中国社会的面貌了。我们现在所特别注意的，是鲁迅对"国民"的态度，也就是鲁迅对"中国人"的看法。"中国人"三个字，常常出在鲁迅的笔下，在《呐喊》自序里叙述他在日本学医时看电影的事情，便是这样叙："有一回，我竟在画片上忽然会见我久违的许多中国人了，一个绑在中间，许多站在左右，一样是强壮的体格，而显出麻木的神情。"这便是鲁迅在社会科学范围里头从生物进化论的观点看问题。《头发的故事》里面有一句话把他的意思完全说出来了，这话便是："阿，造物的皮鞭没有到中国的脊梁上时，中国便永远是这一样的中国，决不肯自己改变一支毫毛！"我们现在知道，这种观点是错误的，但鲁迅说这话时的心情是极其沉重的，他要用这话来刺激当时的人，使他们觉悟起来。因此，在这话里面含有他的革命爱国的深心。那篇小说里又说："各家大半懒洋洋的踱出一个国民来，撅起一块斑驳陆离的洋布。"一句话把五色旗的中华民国完全写出来了。"每家大半……踱出一个国民来，"鲁迅在这里确是深深地注意他们，希望他们，然而对他们无可奈何！总之鲁迅对辛亥革命失望了，他认为失败了。失败的原因便是"几个"有"远志"的人包办代替，而大多数的中国人"愚"。他并不认为包办代替是不对的，问题在大多数人的"愚"上。这少数与多数他都是爱的，他自己也在这数目当中，所以说"他们忘却了纪念，纪念也忘却了他们。我也是忘却了纪念的一个人。"接着又说了这么一句："我不堪纪念这些事。"谁读着都感觉着他的悲痛。

我们还应该注意《药》这一篇小说。这篇小说写出辛亥革命以前的社会情况，他以极沉痛的心情写出当时人民的愚蠢和麻木，写出革命志士不为人民所了解，深刻地暴露出封建统治的罪恶。小说的情节是，一个姓夏的孩子，名字叫瑜，因为要造反，给本家告了官，杀掉了。刑场明写着在"古口亭口"。有一个开茶馆的老头，他的儿子生了痨病，他相信人血可以治得好他儿子的病，于是杀夏瑜的刽子手同他做了这桩买卖，即是杀了革命党人拿这血蘸馒头卖给他做药。所以鲁迅深刻地用了《药》做小说的题目。"夏瑜"影射"秋瑾"，在《且介亭杂文》里面有一篇《病后杂谈之余》，鲁迅曾叙出"轩亭口离绍兴中学并不远，就是秋瑾小姐就义之处"，所以在《药》里写着"古□亭口"。从鲁迅的本意看来，革命是革命志士救国的事业，其本家要告官，出卖烈士，杀烈士，刽子手要做买卖，更卖烈士的血，这些是革命的敌人，然而中国人民怎么这样无知拿这血来医痨病呵！完全不知道革命这一回事呵！这有什么办法呵！在鲁迅真是一种深心，他精神上长期有着极重极重的负担，革命不是少数人的事！他给我们留了这么一篇作品，写出封建社会里无比的黑暗面，然而光明还应在未来，所以烈士的坟上有不知谁送来的花环。

问题实在是在于革命的力量上面。鲁迅的思想比辛亥革命当时一般知识分子深刻，他不以为清朝皇帝倒了便百事大吉。他探索革命的力量。我们现在学习了马克思列宁主义，学习了毛主席的理论，问题便明若观火，俄国十月革命以后，像中国这样半殖民地半封建社会的国家，革命已不是旧民主主义的革命，而是新民主主义的革命，领导力量是工人阶级。鲁迅当时还不可能有明确的"阶级"观念，他只是注意了大多数的"中国人"，即是农村里的农民与城市里的小市民。他感到要这些人觉悟有什么办法，除非"造物的皮鞭"落到这些人的脊梁上！这就是应用生物进化论观察社会问题者必然的结果，不能解决中国的革命问题。他深深知道中国封建的危害性，非革命不可，革命就是走西洋人的路，他还不知道那条路叫作资产阶级的路，领导权属资产阶级，

在他仿佛是归小资产阶级知识分子领导似的，即是几个有远志的人。其实辛亥革命距离中国共产党成立时不过十年多，中国已经有了工人阶级，没有俄国十月革命，没有马克思列宁主义的输入，问题便提不出来了。也只有五四运动后中国共产党人才提得出问题来，即是阶级问题。有了工人阶级领导，则农民便是中国革命的强大力量了，小资产阶级、民族资产阶级也都是革命的力量。伟大的道理，今天对我们是一个常识，是因为中国共产党以血教育了我们，以胜利教育了我们，教我们懂得了什么才是科学，只有马克思列宁主义才是科学。

在今天我们提出"辛亥革命与鲁迅"这个问题，实在是一个爱国问题，意义深长。鲁迅当时那么寂寞，今天我们是举国欢腾了。

五四运动

　　一九一九年五月四日，中国人民反对帝国主义的凡尔赛和约，在北京发生了空前的爱国运动。只有辛亥革命可以同五四运动连在一块儿来说。辛亥革命是孙中山领导的旧民主主义革命，它的结果是失败了；五四运动是中国新民主主义革命的开始，由于中国新民主主义革命的胜利，使得中国历史改变了面貌，由半封建半殖民地的国家，变成了独立富强的人民民主的国家。这是事实，没有人不承认的。有一小部分的人，虽然承认这一个事实，就是孙中山所领导的中国革命失败了，中国共产党所领导的中国人民解放胜利了，但要说这个胜利的日子要从五四运动算起，他们认为心里不安，因为他们亲眼见过五四运动或者参加了这个运动，那时中国共产党还没有出世，从何而领导这个运动，把这个运动也归在中国共产党的事业项下呢？这样的看法是错误的，是机械地看问题，没有看到五四运动的性质。我们所说的"五四

运动"，并不是仅仅指一九一九年五月四日那一天的爱国运动，是包括从这种爱国运动发展到文学革命，发展到在中国展开反帝反封建运动。而这个反帝反封建运动，已经远远地超过了旧民主主义的辛亥革命，属于新民主主义革命范畴，是由中国共产党领导的。只有中国共产党领导的反帝反封建运动，才是五四运动的性质。毛主席在《新民主主义论》里告诉我们，"五四运动所以具有这种性质，是在当时中国的资本主义经济已有进一步的发展，当时中国的革命知识分子眼见得俄、德、奥三大帝国主义国家已经瓦解，英、法两大帝国主义国家已经受伤，而俄国无产阶级已经建立了社会主义国家，德、奥（匈牙利）、意三国无产阶级在革命中，因而发生了中国民族解放的新希望。五四运动是在当时世界革命号召之下，是在俄国革命号召之下，是在列宁号召之下发生的。五四运动是当时无产阶级世界革命的一部分"。在《论人民民主专政》里毛主席又说："中国人找到马克思主义，是经过俄国人介绍的。在十月革命以前，中国人不但不知道列宁，斯大林，也不知道马克思，恩格斯。十月革命一声炮响，给我们送来了马克思列宁主义。十月革命帮助了全世界的也帮助了中国的先进分子，用无产阶级的宇宙观作为观察国家命运的工具，重新考虑自己的问题。走俄国人的路——这就是结论。一九一九年，中国发生了'五四'运动。一九二一年，中国共产党成立。"毛主席把中国共产党同他自己的经验都告诉了我们，也就是代表中国人民向全世界人民讲话，话都明明白白，五四运动是那么一种性质的革命运动。我们确实应该端正我们的认识，从我们对五四运动的看法可以考验我们自己的立场。

一部分人士受了资产阶级单纯技术观点的影响，把五四运动看成单纯的文学革命，而他们心目中的文学革命是胡适提倡的。这种看法也是完全错误的。就是这种形式上的改良也不是胡适首先提出来的，早在他以前，已经有好多人提出这样的主张，并且也实行过了。到了五四运动时期，文学革命的问题已经不仅在形式上，更主要的是在内容上，在内容跟形式的配合上。像鲁迅的《狂人日记》那样强烈的反封建的内容，配合着新的形式，才是文学革命的代表作品。在前面我们已经指出，五四运动的性质是反帝反封建的革命运动。因此，把五四运动看成仅仅是文学革命，已经低估了这一运动的价值。伟大的中国共产党则从一开始就指出五四运动的性质是中国反帝反封建的革命运动，所以毛主席这样写着历史："十月革命一声炮响，给我们送来了马克思列宁主义。十月革命帮助了全世界的也帮助了中国的先进分子，用无产阶级的宇宙观作为观察国家命运的工具，重新考虑自己的问题。走俄国人的路——这就是结论。一九一九年，中国发生了'五四'运动。一九二一年，中国共产党成立。"五四运动的意义太大了，是中国历史新旧的转折点，几千年来的一个质变。

我们现在来看鲁迅对那时的文学革命是怎样的看法罢。

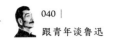

鲁迅在《自选集》自序里面说：

> "我做小说，是开手于一九一八年，《新青年》上
> 提倡'文学革命'的时候的。这一种运动，现在固然已
> 经成为文学史上的陈迹了，但在那时，却无疑地是一个
> 革命的运动。
>
> 我的作品在《新青年》上，步调是和大家大概一致
> 的，所以我想，这些确可以算作那时的'革命文学'。
>
> 然而我那时对于'文学革命'，其实并没有怎样的
> 热情。见过辛亥革命，见过二次革命，见过袁世凯称
> 帝，张勋复辟，看来看去，就看得怀疑起来，……"

这些话都说得非常坦白，合乎事实。他承认他自己的小
说确可以算作那时的革命文学。也正因为有鲁迅这样的革命
文学，那时的文学革命才无疑的是一个革命运动。照鲁迅的
意思，他本来就有点怀疑。他总是把辛亥革命记在心里想问
题的，他是爱国的，他是革命的，他憎恨张勋复辟，在另一
篇文章里（《病后杂谈之余》）他也提起过，"张勋的姓名已
经暗淡，'复辟'的事件也逐渐遗忘，我曾在《风波》里提
到它，别的作品上却似乎没有见，可见早就不受人注意。"鲁
迅说他"那时对于'文学革命'，其实并没有怎样的热情"，
就正因为他深藏有爱国的热情，革命的热情，认为文学革命
还不能够解决中国的革命问题，所以这样说。换句话说，鲁

迅的思想中心，是放在半殖民地半封建社会的中国革命问题上面。在当时，他还提不出解决这个问题的方法，所以说对于文学革命没有怎样的热情。我们现在来看，鲁迅在五四运动里是一个最坚决最勇敢的反封建的战士，他的创作奠定了中国的文学革命，成了中国新文学史上的里程碑。鲁迅自己由于谦逊，也由于当时还没有掌握马克思列宁主义，因此，对自己在创作上的成就，估计是过低的。在反帝反封建的五四运动里面，鲁迅成为勇敢的战士和启蒙者。

我们再看一九二七年二月十六日他在香港青年会讲演，题目为《无声的中国》，编在《三闲集》里。

"我现在所讲的题目是:《无声的中国》。

现在，浙江、陕西，都在打仗，那里的人民哭着呢还是笑着呢，我们不知道。香港似乎很太平，住在这里的中国人，舒服呢还是不很舒服呢，别人也不知道。

发表自己的思想、感情给大家知道的是要用文章的，然而拿文章来达意，现在一般的中国人还做不到。这也怪不得我们；因为那文字，先就是我们的祖先留传给我们的可怕的遗产。人们费了多年的工夫，还是难于运用。又因为难，许多人便不理它了，甚至于连自己的姓也写不清是张还是章，或者简直不会写，或者说道：Chang。虽然能说话，而只有几个人听到，远处的人们便不知道，结果也等于无声。又因为难，有些人便当作

宝贝，像玩把戏似的，之乎者也，只有几个人懂，——其实是不知道可真懂，而大多数的人们却不懂得，结果也等于无声。

文明人和野蛮人的分别，其一，是文明人有文字，能够把他们的思想，感情，借此传给大众，传给将来。中国虽然有文字，现在却已经和大家不相干，用的是难懂的古文，讲的是陈旧的古意思，所有的声音，都是过去的，都就是只等于零的。所以，大家不能互相了解，正像一大盘散沙。

将文章当作古董，以不能使人认识，使人懂得为好，也许是有趣的事罢。但是，结果怎样呢？是我们已经不能将我们想说的话说出来。我们受了损害，受了侮辱，总是不能说出些应说的话。拿最近的事情来说，如中、日战争，拳匪事件，民元革命这些大事件，一直到现在，我们可有一部像样的著作？民国以来，也还是谁也不作声。反而在外国，倒常有说起中国的，但那都不是中国人自己的声音，是别人的声音。

这不能说话的毛病，在明朝是还没有这样厉害的；他们还比较地能够说些要说的话。待到满洲人以异族侵入中国，讲历史的，尤其是讲宋末的事情的人被杀害了，讲时事的自然也被杀害了。所以，到乾隆年间，人民大家便更不敢用文章来说话了。所谓读书人，便只好躲起来读经，校刊古书，做些古时的文章，和当时毫无

关系的文章。有些新意，也还是不行的；不是学韩，便
是学苏。韩愈、苏轼他们，用他们自己的文章来说当时
要说的话，那当然可以的。我们却并非唐、宋时人，怎
么做和我们毫无关系的时候的文章呢。即使做得像，也
是唐、宋时代的声音，韩愈、苏轼的声音，而不是我们
现代的声音。然而直到现在，中国人却还耍着这样的
旧戏法。人是有的，没有声音，寂寞得很。——人会没
有声音的么？没有，可以说：是死了。倘要说得客气一
点，那就是：已经哑了。

　　要恢复这多年无声的中国，是不容易的，正如命令
一个死掉的人道：'你活过来！'我虽然并不懂得宗教，
但我以为正如想出现一个宗教上之所谓'奇迹'一样。"

我们现在亲眼看见一次又一次的阶级斗争的伟大胜利，
中国人已经"活过来"了，世界上到处倾听中国人的声音。
但当时的情况完全不是这样，因此我们要注意鲁迅对语言文
字的看法，跟政治结合起来看。真正的文学革命要注意"无
声的中国"。我们看鲁迅从内地打仗说起，人民是笑呢还是
哭，香港的中国人舒服呢还是不舒服，你是中国人你姓张还
是姓章或者说道：Chang？这明明是对一般洋奴的讽刺！他
把当时中国人不敢用文章来说话的缘故更推到历史上去，归
咎于统治者对人民的杀害。"人是有的，没有声音，寂寞得
很。——人会没有声音的么？没有，可以说：是死了。"这

是多么沉痛的声音！这是鲁迅在殖民地香港的青年会上向中国人说话的声音！现在世界上到处倾听中国人的声音。人类奇迹的出现不是宗教，倒是科学，便是马克思列宁主义，在第二次世界大战之后，在解放了的国土的人民当中，这已经成了常识了。伟大的鲁迅，他当时已经看出问题的本质，要文学革命便要改变半殖民地半封建的中国，要改变"无声的中国"。那么五四运动的意义是中国共产党创造了新民主主义革命的事实。鲁迅在伟大的五四运动当中是启蒙者。

鲁迅的第一篇小说

1

我们在一开始就提到《狂人日记》，我们现在再来谈一谈《狂人日记》。

《狂人日记》是鲁迅的第一篇小说，也是中国新文学的第一篇创作，于一九一八年在《新青年》杂志上发表。《新青年》杂志在当时是以陈独秀为首在北京的几个进步的知识分子办的，是"文学革命"的发难者。就文学创作说，《狂人日记》是第一篇，在这以前有白话诗，所谓白话诗就是旧诗词的自由体，很难算是新文学，绝不能吓倒旧文学。作这种白话诗的人自己信不过自己，其中成绩最好的马上又改作旧诗。不过当时的进步人士大家一致认为外国文学有力量。同时也一致承认中国历史上的章回小说是文学。到了鲁迅

的《狂人日记》一出现，大家耳目一新了，相信中国新文学的前途了，因为婴儿已经诞生了。《狂人日记》以新的内容跟新的形式出现，才是真正的新文学作品。它的内容是强烈地反封建，形式则采取俄国果戈里的《狂人日记》和中国艺术不用背景的描写手法。最重要的是它对旧的东西能起革命的作用、摧毁的作用。《狂人日记》实在是"显示了'文学革命'的实绩"，奠定了中国新文学的基础，同时是中国革命的内容之一——反封建的先行军。这是鲁迅自己也承认了的，我们现在比鲁迅更有进一步的认识。

不错，鲁迅所创作的新文学作品，是在五四运动前一年开始的，但是不是因为《新青年》杂志的创办立刻就长成功了呢？从我们在以前所讲的许多事实看来，当然不是的。这是长期封建压迫的呼声，革命爱国精神蕴积已久的表现，早在他留学日本时期，就已经不满于一般革命知识分子种族革命的浅见，进而深入到欧洲资产阶级文化的探索里，因而产生的一往直前的追求。鲁迅到这时才可以说是英雄有用武之地了。他自己当然是明白的，他在《中国新文学大系》小说集序里说：

"在这里（《新青年》杂志）发表了创作的短篇小说的，是鲁迅。从一九一八年五月起，《狂人日记》，《孔乙己》，《药》等，陆续的出现了，算是显示了'文学革命'的实绩。又因那时的认为'表现的深切和格式的特别'，颇激动了一部分青年读者的心。然而这激动，却是向来怠慢了绍介欧洲大陆文学的缘故。一八三四年顷，俄国的果戈里就已经写了《狂人日记》……"

他说中国人怠慢了绍介欧洲大陆文学，而他的革命力量就是从他在日本弃医学文学时准备起来的。到了一九一八年在《新青年》杂志上发表小说，中间经过了十二年，经过了辛亥革命了。

我们现在应该将这一篇短篇小说的思想性与艺术性研究一下。

简单地说，《狂人日记》是要推翻旧道德。所以要推翻的缘故又正是反封建的深心。《狂人日记》这么写着："我想，我同赵贵翁有什么仇，同路上的人又有什么仇；只有二十年以前，把古久先生的陈久流水簿子，踹了一脚，古久先生很不高兴。"这位"古久先生"就是封建中国。"我翻开历史一查，这历史没有年代，歪歪斜斜的每叶上都写着'仁义道德'几个字。我横竖睡不着，仔细看了半夜，才从字缝里看出字来，满本都写着两个字是'吃人！'"大伙都说说这话的人是"疯子"。"如何按得住我的口，我偏要对这伙人说，'你们可以改了，从真心改起！要晓得将来容不得吃人的人活在世上。'"看着中国的封建社会，他深忧中国要亡国灭种，因为"将来容不得吃人的人活在世上"。在小说的收束喊着"救救孩子"。所以《狂人日记》的主题是救中国，

是反封建。

这篇小说，在短篇小说里也不算长的，以短短的篇幅放进这么大的主题，收了这么大的效果，一定是它的艺术性强。所以单从这个体裁便可以看出作者的匠心。日记的体裁可以用第一人称自叙，易于收抒情诗的效果。因为是日记，不是诗，可以容小说的描写。因为是狂人日记，则可以格外直接，可以一刀杀进你的心了，可以把悠长悠长的封建历史当作一页烂纸撕了。我们来看下面两段罢：

"我也不动，研究他们如何摆布我；知道他们一定不肯放松。果然！我大哥引了一个老头子，慢慢走来；他满眼凶光，怕我看出，只是低头向着地，从眼镜横边暗暗看我。大哥说：'今天你仿佛很好。'我说：'是的。'大哥说：'今天请何先生来，给你诊一诊。'我说：'可以！'其实我岂不知道这老头子是刽子手扮的！无非借了看脉这名目，揣一揣肥瘠：因这功劳，也分一片肉吃。我也不怕；虽然不吃人，胆子却比他们还壮。伸出两个拳头，看他如何下手。老头子坐着，闭了眼睛，摸了好一会，呆了好一会，便张开他鬼眼睛说：'不要乱想。静静的养几天，就好了。'

不要乱想，静静的养！养肥了，他们是自然可以多吃；我有什么好处，怎么会'好了'？他们这群人，又想吃人，又是鬼鬼祟祟，想法子遮掩，不敢直捷下手，真要令我笑死。我忍不住，便放声大笑起来，十分快活。自己晓得这笑声里面，有的是义勇和正气。老头子和大哥，都失了色，被我这勇气正气镇压住了。"

这真是最好的狂人日记。里面有抒情诗的抒情，有小说的形象。鲁迅在这里很经过选择，选择了一个中医的形象，通过这个形象把狂人的"老头子是刽子手扮的"思想写得非常逼真，完全把读者吸引住了。在旧日社会里，这样的中医对人们是很熟悉的，他走进人家屋来是被引着慢慢走，他低头向着地，从眼镜横边暗暗看人。他替病人看脉时，闭了眼睛，摸了好一会，呆了好一会，然后张开眼睛说话。狂人听他说着"静静的养几天"，就想到"养肥了，他们是自然可以多吃"！狂人的日记真是不容易写，容易写得不真实，鲁迅则通过艺术形象充分表达了他的小说的目的。写病人伸手给医生看脉的情景，这样表现狂人："我也不怕；虽然不吃人，胆子却比他们还壮。伸出两个拳头，看他如何下手。"这是多么强的个性！鲁迅的忧愤，鲁迅的革命勇敢的精神，其积弥久其发弥光，他好久好久就想说话而没有说，今天借狂人的口说出来了。"他们这群人，……真要令我笑死。我忍不住，便放声大笑起来，十分快活。自己晓得这笑声里面，有的是义勇和正气。"这是鲁迅的抒情诗。鲁迅最初是以小说做了他的诗的最好的形式。后来则又采用了杂文。

我们再抄下面的文章罢：

　　"忽然来了一个人；年纪不过二十左右，相貌是不很看得清楚，满面笑容，对了我点头，他的笑也不像真笑。我便问他：'吃人的事，对么？'他仍然笑着说：'不是荒年，怎么会吃人。'我立刻就晓得，他也是一伙，喜欢吃人的；便自勇气百倍，偏要问他。

　　'对么？'

　　'这等事问他什么。你真会……说笑话。……今天天气很好。'

　　天气是好，月色也很亮了。可是我要问你，'对么？'

　　他不以为然了。含含糊糊的答道，'不……'

　　'不对？他们何以竟吃？！'

　　'没有的事……'

　　'没有的事？狼子村现吃；还有书上都写着，通红斩新！'

　　他便变了脸，铁一般青。睁着眼说，'也许有的，这是从来如此……'

　　'从来如此，便对么？'

　　'我不同你讲这些道理；总之你不该说，你说便是你错！'

　　我直跳起来，张开眼，这人便不见了。全身出了一大片汗。他的年纪，比我大哥小得远，居然也是一伙；……"

在这里所写的是"年纪不过二十左右"的青年，比刽子手扮的老头子应该不同，然而"居然也是一伙"，鲁迅到这时真急了，我们真真感动于这些句子："我直跳起来，张开眼，这人便不见。全身出了一大片汗。"鲁迅在当时是相信进化论的，他认为青年一定比老年进步。他在当时，对于年纪大的一辈人既经失望，就把希望寄托在青年身上，希望青年进步，希望青年觉醒起来，能担当反封建救中国的重任。因此，当鲁迅看到青年也跟年纪大的成了吃人的一伙，他就不禁要直跳起来，要全身出了一大片汗。这些话虽是写狂人的，正反映出鲁迅当时着急的心情。从这里看出鲁迅的爱国热情，鲁迅对青年期望的迫切，鲁迅在反封建的实际斗争中，开始感到在社会科学范围内用生物进化论来看问题有些不完全符合实际情况了。这里一连几个质问"对么？"鲁迅是问得太天真了，太可爱了，我们到现在仿佛还听见他的声音："对么？"

所以《狂人日记》的思想性与艺术性是达到很高的程度的，内容与形式配合得非常合式的。

我们还应该注意一件事，在《狂人日记》里屡次提到"狼子村"吃人的事，上面我们所引的有"狼子村现吃"的话，比这更前面还有"前几天，狼子村的佃户来告荒，对我大哥说，他们村里的一个大恶人，给大家打死了；几个人便挖出他的心肝来，用油煎炒了吃，可以壮壮胆子。"更后面又有"谁晓得从盘古开辟天地以后，一直吃到易牙的儿子；

从易牙的儿子，一直吃到徐锡林；从徐锡林，又一直吃到狼子村捉住的人。"（徐锡林当作徐锡麟，因为这篇是作为狂人写的，所以"麟"误作"林"。）在这里别的是虚写，作者所念念不忘的是一件事实，革命志士"徐锡麟是被挖了心，给恩铭的亲兵炒食净尽。"（见《范爱农》）"恶人"是加给革命党人的名目，正如"疯子"是加给有革命思想的人。《狂人日记》里说："这时候，我又懂得一件他们的巧妙了。他们岂但不肯改，而且早已布置；预备下一个疯子的名目罩上我。将来吃了，不但太平无事，怕还会有人见情。佃户说的大家吃了一个恶人，正是这方法。这是他们的老谱！"所以鲁迅从开始写小说就同革命事业是分不开的，他是同辛亥革命联系起来的。在辛亥革命前后，他对封建的中国有着彻底的革命意识。

<h2 style="text-align:center">2</h2>

在《狂人日记》里，把生物进化论移用到人类历史的资产阶级思想也暴露出来了，我们现在对这方面也加以指出。

《狂人日记》将要结束的时候，有这一句话：

"有了四千年吃人履历的我，当初虽然不知道，现在明白，难见真的人！"

　　这句话是多么沉痛。然而鲁迅当时还没有阶级观点，他写《狂人日记》，实在同严复最初翻译《天演论》是一样的心事，生怕中国在"天演"之下要遭西方国家的淘汰。我们看这两段：

　　　　"'你们可以改了，从真心改起！要晓得将来容不得吃人的人，活在世上。

　　　　你们要不改，自己也会吃尽。即使生得多，也会给真的人除灭了，同猎人打完狼子一样！——同虫子一样！'"

　　这便是他怕中国给"真的人"除灭了，因为中国社会还在礼教吃人。在所引的这两段以前还有这样的话：

　　　　"大约当初野蛮的人，都吃过一点人。后来因为心思不同，有的不吃人了，一味要好，便变了人，变了真的人。有的却还吃，——也同虫子一样，有的变了鱼鸟猴子，一直变到人。有的不要好，至今还是虫子。这吃人的人比不吃人的人，何等惭愧。怕比虫子的惭愧猴子，还差得很远很远。"

| 鲁迅创作《狂人日记》的地方——北京绍兴县馆"补树书屋"

这便是把生物进化论的观点移用到人类历史上面来。鲁迅明明认为世界上有一种"真的人"，这种人很可能鲁迅那时是指资本主义国家的人。鲁迅到后来便把这种非科学的反动的资产阶级思想肃清了，知道在社会科学领域里主要的事实是阶级斗争，所以他答国际文学社："我在中国看不见资本主义各国之所谓'文化'，我单知道他们和他们的奴才们，在中国正在用力学和化学的方法，还有电器机械，以拷问革命者，并且用飞机和炸弹以屠杀革命群众。"（《且介亭杂文》里《答国际文学社问》）这便是在"人"当中有了阶级，在中国有帝国主义和帝国主义的走狗，有革命者和革命群众。这便是通常说的鲁迅由进化论走到阶级论，认识前期思想的错误了。然而鲁迅在写《狂人日记》的时候，其主观愿望是告诉中国人社会是进化的，中国要求进步，要推翻旧礼教，其所发生的效果是在中国引起了前所未有的反对封建文化的运动。所以《狂人日记》里虽然没有阶级观点，但我们用历史的眼光来看，还是肯定它的反封建的战斗作用。

分析《阿Q正传》

1

《阿Q正传》是鲁迅在一九二一年写的，这时作者的思想里头没有阶级观点，但我们现在本着阶级观点来研究《阿Q正传》，确是非常有意义的事，我们从这里可以学习到许多东西。

我们首先来研究，鲁迅为什么要写《阿Q正传》？为要回答这个问题，我们不妨把《阿Q正传》里面所写的人物列一个表在下面：

阿Q

王胡

小D

吴妈

静修庵的尼姑

赵太爷

赵太爷的儿子赵秀才

钱太爷

钱太爷的儿子假洋鬼子 （追随钱、赵势力的有赵司晨、赵白眼）

城里的举人老爷

知县大老爷

把总

（主要人物就是这些。此外如地保，城里的兵，团丁，警察，侦探等是附属于统治阶级的；此外妇女方面如邹七嫂，赵太太，秀才娘子等可不论。）

在阿Q一边的，用鲁迅的话代表"下层社会"；赵太爷一边的代表"上流社会"。鲁迅首先是教育阿Q，说他不该有"一种精神上的胜利法"，说他不该"自轻自贱"，说他不该"忘却"，那么明明白白是告诉阿Q要反抗。反抗的对象是什么呢？就是赵太爷、赵太爷的儿子赵秀才、钱太爷、钱太爷的儿子假洋鬼子这流东西，鲁迅对于这流东西，用他自己后来的话是"憎恶这熟识的本阶级，毫不可惜它的溃灭"！阿Q不反抗压迫者，而欺侮王胡、小D、比自己更

弱的静修庵的尼姑等人，所以鲁迅讽刺阿Q了。初步地说，就是这些话。这些话也就很明白，鲁迅写《阿Q正传》，是反抗长期的封建社会，小说里面的举人秀才就是代表封建势力。鲁迅自己在俄译《阿Q正传》序里说：

> "现在我们所听到的是几个圣人之徒的意见和道理，为了他们自己；至于百姓，却就默默的生长，萎黄，枯死了，像压在大石底下的草一样，已经有四千年！"

鲁迅这时虽没有明确的阶级观点，但封建社会的本质他体察出来了，"几个圣人之徒的意见和道理，为了他们自己"，这在当时是很不容易说的话。在小说里描写举人秀才还比较容易，当然也就是暴露封建的黑暗，若思想上认清圣经贤传是"为了他们自己"，即是替地主阶级服务，鲁迅真不愧为革命的爱国主义者！

2

鲁迅同情阿Q遭受的压迫，给我们留下了许多极沉痛的文字，这是我们应该注意的，否则我们容易以为鲁迅对阿Q是采取嘲笑的态度。如小说第一章阿Q说他和赵太爷原来是本家那段说：

"那知道第二天，地保便叫阿 Q 到赵太爷家里去；太爷一见，满脸溅朱，喝道：

'阿 Q，你这浑小子！你说我是你的本家么？'

阿 Q 不开口。

赵太爷愈看愈生气了，抢进几步说：'你敢胡说！我怎么会有你这样的本家？你姓赵么？'

阿 Q 不开口，想往后退了；赵太爷跳过去，给了他一个嘴巴。

'你怎么会姓赵！——你那里配姓赵！'

阿 Q 并没有抗辩他确凿姓赵，只用手摸着左颊，和地保退出去了；外面又被地保训斥了一番，谢了地保二百文酒钱。"

读了这种文字，凡属在中国封建农村里出来的人，到今天愤怒之火还不能熄。鲁迅确是写得一点也不夸张。

又如第二章写阿 Q 的"行状"时，这样写：

"阿 Q 没有家，住在未庄的土谷祠里；也没有固定的职业，只给人家做短工，割麦便割麦，舂米便舂米，撑船便撑船。工作略长久时，他也或住在临时主人的家里，但一完就走了。所以，人们忙碌的时候，也还记起阿 Q 来，然而记起的是做工，并不是'行状'；一闲空，连阿 Q 都早忘却，更不必说'行状'了。只是有

一回，有一个老头子颂扬说：'阿Q真能做！'这时阿
Q赤着膊，懒洋洋的瘦伶仃的正在他面前，别人也摸不
着这话是真心还是讥笑，然而阿Q很喜欢。"

这就是拿阿Q做马牛，我们读者也同作者鲁迅一样气
极了，"然而阿Q很喜欢"，他的性格被压迫得成个什么
样子！

描写阿Q押牌宝，他的钱"渐渐的输入别个汗流满面
的人物的腰间。他终于只好挤出堆外，站在后面看，替别人
着急，一直到散场，然后恋恋的回到土谷祠，第二天，肿着
眼睛去工作"。这是多么富有同情的文字！

第三章描写假洋鬼子打他，"不料这秃儿却拿着一枝黄
漆的棍子——就是阿Q所谓哭丧棒——大踏步走了过来。
阿Q在这刹那，便知道大约要打了，赶紧抽紧筋骨，耸了
肩膀等候着，果然，拍的一声，似乎确凿打在自己头上了"。
鲁迅是说阿Q知道痛！接着又打了三下，小说里是三个字：
"拍！拍拍！"

第四章写阿Q在赵太爷家里舂米，发生"恋爱的悲
剧"，真是残酷的悲剧！在动手舂米以前，阿Q坐在厨房里
吸旱烟，赵太爷家的女仆吴妈也就在长凳上坐下同阿Q谈
闲天，谈的是女人的事，触动阿Q的心事。阿Q忽然抢上
去对吴妈跪下求爱，而吴妈愣了一会，突然发抖，大叫着往
外跑了。

　　"阿Q对了墙壁跪着也发愣，于是两手扶着空板凳，慢慢的站起来，仿佛觉得有些糟。他这时确也有些忐忑了，慌张的将烟管插在裤带上，就想去舂米。蓬的一声，头上着了很粗的一下，他急忙回转身去，那秀才便拿了一枝大竹杠站在他面前。

　　'你反了，……你这……'

　　大竹杠又向他劈下来了。阿Q两手去抱头，拍的正打在指节上，这可很有一些痛。他冲出厨房门，仿佛背上又着了一下似的。

　　'忘八蛋！'秀才在后面用了官话这样骂。

　　阿Q奔入舂米场，一个人站着，还觉得指头痛，还记得'忘八蛋'，因为这话是未庄的乡下人从来不用，专是见过官府的阔人用的，所以格外怕，而印象也格外深。"

　　鲁迅在这里并不是夸大，乡下人确乎是怕官话的，我们只看《离婚》那篇小说里所写得那么有强烈个性的爱姑只因七大人表演了一下子官态就吓坏了便可知道。所以我们也不可太责备阿Q不反抗，我们倒应该替他感觉着指头痛！

　　到了小说的最后一章，即"大团圆"一章，阿Q被抓到监牢里去了，鲁迅这样写：

　　"到进城，已经是正午，阿Q见自己被挽进一所破

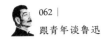

衙门，转了五六个弯，便推在一间小屋里。他刚刚一跄踉，那用整株的木料做成的栅栏门便跟着他的脚跟阖上了。其余的三面都是墙壁，仔细看时，屋角上还有两个人。

阿Q虽然有些忐忑，却并不很苦闷，因为他那土谷祠里的卧室，也并没有比这间屋子更高明。那两个也仿佛是乡下人，渐渐和他兜搭起来了，一个说是举人老爷要追他祖父欠下来的陈租，一个不知道为了什么事。他们问阿Q，阿Q爽利的答道：'因为我想造反！'"

鲁迅的小说写到这里，不但作者主观的革命的热情是如此，希望农民同农民在监狱里聚谈造反，就艺术的客观求真性说阿Q的"精神胜利法"在这里也完全不是自然的事情，只有"爽利的回答"一句"因为我想造反"才近乎道理。这个道理便是阶级的觉悟。

3

然而鲁迅在执笔时是没有明确的阶级观点的。他只是爱中国，希望中国革命，像阿Q这样采取"精神胜利法"是不行的。所以在他下笔之初以及下笔之前长期的思想意识里总有一个"中国国民性"的问题，用小说刻画出来应该有一个阿Q，中国的问题便在于阿Q主义！鲁迅感得阿Q主义对他的压迫，也就是对中国前途的危险，又当然受了西方资本主义国家的刺激（他当初还没有明确的帝国主义的概念，正同没有明确的阶级观点一样），中国人的不长进如何得了！他反抗阿Q主义！他反抗阿Q的不反抗，反抗阿Q的不长进。

从科学来说，半封建半殖民地的中国，所要反抗的敌人是两个，帝国主义同封建主义。鲁迅当时的中心思想却是反封建主义，他"毫不可惜它的溃灭"。封建人物的存在同中国的前途是不相容的。如何而能使得这些人物灭亡，换一句话说中国如何而有新的道路，便在于阿Q从精神胜利法中解放出来，所以鲁迅把希望寄在阿Q身上了，这是非常明白的事。他当时也许没有明白地这么想，分析起来确实是如此。他下笔时是痛恨"中国国民性"，要努力讽刺它一下，抓着他所爱的人鞭策一下，这一下他自然分出阶级来了，压迫者与被压迫者。所以鲁迅是伟大的，他是爱国者，他又是革命者。有些人以为阿Q精神代表中国国民性，阿Q当然代表阿Q精神，阿Q是中国农民，所以从鲁迅看来中国没有希望，鲁迅看不起中国农民。这一些人的立场是同革命爱国主义者鲁迅不一样的。鲁迅是站在人民的立场的。像我们在前面所指出的，《阿Q正传》里面的人物，可以分作压迫者和被压迫者两个阶级，鲁迅显然是站在被压迫阶级一边，因此他同情阿Q。他揭露阿Q身上的弱点正是由于他对中国农民的热爱，希望他们能够改正这些缺点。因此，并不是

鲁迅看不起中国农民，正相反，他是热爱中国农民的。再看鲁迅写赵太爷、钱太爷一班压迫阶级的人物，就暴露他们的丑恶嘴脸，给以无情的讽刺，跟写阿Q不同。从这里，正可看出鲁迅爱憎分明的感情来。

4

《阿Q正传》写的是封建压迫。中国长期是封建社会。阿Q时代的封建社会同已往历史上的封建社会是不是有一个区别呢？有的，区别就在于中国社会到了阿Q时代提出了革命的问题，所以《阿Q正传》里面有了"革命"的章目。辛亥革命就是鲁迅写《阿Q正传》的背景。鲁迅的时代，本来就是辛亥革命的时代，他在他的时代里，他认为中国应该革命，应该学西方的民主革命，革命如不成功，则中国的命运很危险，将以封建中国而告终。然而鲁迅不能不希望将来，所以他写《阿Q正传》。照他的意思，辛亥革命的历史，就是阿Q的历史，所以辛亥革命失败了。要说希望，是希望阿Q长进，怎么长进呢？因被压迫而长进！故事的发展正是如此。《阿Q正传》这一篇杰作所证明的正是如此。只要是被压迫者，只要是革命爱国主义者，结果必然是阶级的觉悟代替个性的发展，我们现在就来研究这件事。

在阿Q进城回来之后，对人说："你们可看见过杀头么？咳，好看。杀革命党。唉，好看好看……"鲁迅这么写着。这同《药》是一样的意思，民众不懂得革命志士，对革命不关心。

在阿 Q 要和革命党去结识的时候，鲁迅又这么写："他生平所知道的革命党只有两个，城里的一个早已'嚓'的杀掉了，现在只剩了一个假洋鬼子。他除却赶紧去和假洋鬼子商量之外，再没别的道路了。"鲁迅明明是讽刺，真的革命党杀掉了，当权的是假的。

对赵秀才与假洋鬼子之于辛亥革命，鲁迅很有描写，写两人到静修庵去革命那一段写得深刻极了，（地主阶级比农民阿 Q 凶狠多了，他们把老尼姑当作清政府，在头上给了不少的棍子和栗凿，还拿走了观音娘娘座前的一个宣德炉，阿 Q 只不过肚子饿了来偷萝卜吃。）是这样相约而去的："赵秀才消息灵，一知道革命党已在夜间进城，便将辫子盘在顶上，一早去拜访那历来也不相能的钱洋鬼子。这是'咸与维新'的时候了，所以他们便谈得很投机，立刻成了情投意合的同志，也相约去革命。"

另外又有："这几日里，进城去的只有一个假洋鬼子。赵秀才本也想靠着寄存箱子的渊源，亲身去拜访举人老爷的，但因为有剪辫的危险，所以也就中止了。他写了一封'黄伞格'的信，托假洋鬼子带上城，而且托他给自己绍介绍介，去进自由党。假洋鬼子回来时，向秀才讨还了四块洋钱；秀才便有一块银桃子挂在大襟上了；未庄人都惊服，说这是柿油党的顶子，抵得一个翰林"，所以辛亥革命时代的

中国农村社会同历史上的封建社会不同，在人民心目中有了"柿油党"这项名目，以"银桃子"代替了"顶子"。在城里，"知县大老爷还是原官，不过改称了什么，而且举人老爷也做了什么——这些名目，未庄人都不明白——官，带兵的也还是先前的老把总。"这都是未庄的人关心的事情，"知道革命党虽然进了城，倒还没有什么大异样。"

上面是《阿Q正传》里关于辛亥革命的明白的记载，虽然是一个农庄上的事情，一个县城里的事情，鲁迅是拿来概括整个辛亥革命。辛亥革命中国各地方的情形也正是如此。鲁迅就做了这样生动的记录。

从鲁迅的记录看来，辛亥革命当然要失败，所以鲁迅看着它失败了。上面的记录旁人也可以做，不过旁人不关心便不做。鲁迅的记录如果仅仅是上面的零碎的记录，我们也可不研究，重要的是鲁迅写的是《阿Q正传》，在《阿Q正传》里，"像阿Q那样的一个人，终于要做起革命党来"，曾有人这样向鲁迅提出意见，以为是出乎意外的事，然而这却是我们所要研究的问题之所在。

首先我们要问：鲁迅对阿Q做革命党的态度是怎么样呢？要回答这个问题，我们首先应该引鲁迅自己的话，在《〈阿Q正传〉的成因》里鲁迅这样说：

> "据我的意思，中国倘不革命，阿Q便不做，既然革命，就会做的。我的阿Q的运命，也只能如此，人

格也恐怕并不是两个。民国元年已经过去，无可追踪了，但此后倘再有改革，我相信还会有阿 Q 似的革命党出现。我也很愿意如人们所说，我只写出了现在以前的或一时期，但我还恐怕我所看见的并非现代的前身，而是其后，或者竟是二三十年之后。其实这也不算辱没了革命党，阿 Q 究竟已经用竹筷盘上他的辫子了；……"

鲁迅的这些话里，反映出他自己的许多矛盾，革命爱国主义者的鲁迅实在没有法子解决。首先他是爱阿 Q 的，爱得非常厉害，看他说着"我的阿 Q 的运命"的口气便可知道，简直像母亲爱儿子一样。然而他分明看不起阿 Q 做革命党，虽然阿 Q 做革命党"也不算辱没了革命党"。他又分明把革命党看得神圣。那么什么人才配做神圣的革命党呢？无非是像《药》里头被杀的夏瑜。然而那样革命就失败了，单靠少数有远志的人是不行的，要靠国民有觉悟，要"国民性"的解放。他写《阿 Q 正传》，也无非是把奴隶的"国民性"暴露出来，痛痛地给鞭策一下。然而他又说阿 Q 要做革命党，"人格也恐怕并不是两个"，鲁迅在这里头有伟大的感觉，他感觉到阶级斗争的事实，不过他当时还不可能用阶级斗争的观点来解决个性解放问题，即认识到人的个性可以在革命的实践中获得解放，但他已经能够感觉到阶级斗争的事实，这正是《阿 Q 正传》的伟大处。

　　《阿Q正传》的真正的价值，就在于革命爱国主义者的鲁迅在不自觉的状态下反映了中国社会的阶级斗争。因而也反映了中国革命的力量。中国革命的力量就在于认识中国农民的力量，在于有工人阶级领导的以工农联盟为基础的革命党出现。否则就是举人秀才的革命党出现，就是假洋鬼子的革命党出现，就是辛亥革命。我们且来看看鲁迅的《阿Q正传》里阶级斗争的事实罢，只有一个流浪雇农才真正表现着革命的力量——农民阶级的力量罢。

　　辛亥革命的消息传到未庄，城里举人老爷把箱子搬到未庄来寄存在赵家里，因而未庄人心动摇了。"其实举人老爷和赵秀才素不相能，在理本不能有'共患难'的情谊"，然而现在则拿箱子来寄存，共患难，当然不是什么情谊不情谊的问题，是同一阶级的缘故。"赵秀才消息灵，一知道革命党已在夜间进城，便将辫子盘在顶上，一早去拜访那历来也不相能的钱洋鬼子。这是'咸与维新'的时候了，所以他们便谈得很投机，立刻成了情投意合的同志，也相约去革命。"这是投机分子，是同一阶级的情投意合。"阿Q的耳朵里，本来早听到过革命党这一句话，今年又亲眼见过杀掉革命党。但他有一种不知从那里来的意见，以为革命便是造反，造反便是与他为难，所以一向是'深恶而痛绝之'的。殊不料这却使百里闻名的举人老爷有这样怕，于是他未免也有些'神往'了，况且未庄的一群鸟男女的慌张的神情，也使阿Q更快意。"鲁迅这样写，完全是忠实于他对社会的观察，完全是艺术的求真，他并不是描写阶级意识，他还不可能有这个要求，然而人物的性格完全通过他们的社会关系表现出来了，也就是表现了不同阶级的意识。阿 Q 原来"有一种不知从那里来的意见"，这个意见正是从统治阶级来的，在那个社会里统治阶级意识支配一切，然而对于被统治者，这些意见是表面的，完全是浮尘，只要革命的暴风雨一来，被统治者就有他们自己的真的感情的表现，所以这时阿 Q 便"神往"起来了。最有趣的，举人同秀才素不相能，这时"共患难"起来，秀才同假洋鬼子这时也情投意合起来，这是一方面；另一方面一向有点欺负王胡、小 D 的阿 Q，他这时也同王胡、小 D 靠拢了些，——从小说里看来他们本来没有恶感，只不过故意闹别扭，所以到了有事之秋，自家人还是自家人了，要动手搬东西，还是"叫小 D 来搬"，搬得不快才"打嘴巴"。在"洋先生不准他革命"的时候，阿 Q 真正感到失望，"从此决不能望有白盔白甲的人来叫他，他所有的抱负，志向，希望，前程，全被一笔勾销了。至于闲人们传扬开去，给小 D、王胡等辈笑话，倒是还在其次的事。"这确实是忠实的描写，阿 Q 这时真感到他再没有别的路可走了，原来他有一个阶级意识，他以为他很可以革命的，所以说他有"抱负"并不是说笑话。至于给小 D、王胡等辈笑话，正因为小 D、王胡是同情他的，他们的关系不是敌对的。

　　在阿 Q 正在革命高潮当中，（能否认他的革命高潮

吗？）鲁迅这样写他：

"阿Q近来用度窘，大约略略有些不平，加以午间吃了两碗空肚酒，愈加醉得快，一面想一面走，便又飘飘然起来。不知怎么一来，忽而似乎革命党便是自己，未庄人却都是他的俘虏了，他得意之余，禁不住大声的嚷道：

'造反了！造反了！'

未庄人都用了惊惧的眼光对他看。这一种可怜的眼光，是阿Q从来没有见过的，一见之下，又使他舒服得如六月里喝下雪水。他更加高兴的走而且喊道：

'好，……我要什么就是什么，我欢喜谁就是谁。

得得，锵锵！

悔不该，酒醉错斩了郑贤弟，……

悔不该，呀呀呀……

得得，锵锵，得，锵令锵！

我手执钢鞭将你打……'

赵府上的两位男人和两个真本家，也正站在大门口论革命。阿Q没有见，昂了头直唱过去：

'得得……'

'老Q'，赵太爷怯怯的迎着低声的叫。

'锵锵，'阿Q料不到他的名字会和'老'字联结起来，以为是一句别的话，与己无干，只是唱：'得，

锵，锵令锵，锵！'

'老 Q。'

'悔不该……'

'阿 Q！'秀才只得直呼其名了。

阿 Q 这才站住，歪着头问道，'什么？'

'老 Q，……现在……'赵太爷却又没有话，'现在……发财么？'（赵太爷脑子里只想到升官发财，所以这样问。——文彬）

'发财？自然，要什么就是什么……'

'阿，……Q 哥，像我们这样穷朋友是不要紧的……'赵白眼惴惴的说，似乎想探革命党的口风。

'穷朋友？你总比我有钱。'阿 Q 说着自去了。"

阿 Q 的有些农民意识当然是要不得的，我们在土改工作中如果遇见阿 Q，当然要教育他，但这是我们现在在工人阶级领导之下的革命工作，鲁迅写《阿 Q 正传》的时代还赶不上，我们应该不论。我们应该注意的是鲁迅的小说所反映的社会阶级的关系。在革命的风声之下，阿 Q 真有点像要翻身，所以赵太爷叫他"老 Q"了。在阶级社会当中的个人，不是以个人而存在，是以阶级的一个成员而存在，比姓什么叫什么要实在得多，姓名还可以互换，阶级意识则各人是各人的，赵太爷自觉着，阿 Q 也自觉着。赵太爷怯怯地迎着阿 Q 低声叫"老 Q"，地主阶级临着革命的恐惧，鲁迅

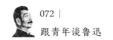

无意地然而逼真地表现出来了。到了他的儿子有一块银桃子挂在大襟上,"未庄人都惊服,说这是柿油党的顶子,抵得一个翰林。赵太爷因此也骤然大阔,远过于他儿子初进秀才的时候,所以目空一切,见了阿Q,也就很有些不放在眼里了。"鲁迅在这里一点也不夸张,是忠实地描写,是恰如其分地描写。儿子进秀才的时候当然是欢喜的,然而不进秀才也并没有危险,统治地位没有问题,革命当中可能有什么变化,谁都不能逆料,所以那天叫"老Q"之后,"赵太爷父子回家,晚下商量到点灯。""柿油党的顶子"其实并不值钱,而且是花了"四块洋钱"买的。可是这件事的关系太大,它说明天下已经太平了,革命是假的,所以"赵太爷因此也骤然大阔,远过于他儿子初进秀才的时候"。阿Q不久就抓到衙门里去了,因为赵家遭抢,因为城里举人老爷的箱子寄存在赵家。而阿Q在监牢里又遇见两个乡下人,"一个说是举人老爷要追他祖父欠下来的陈租,一个不知道为了什么事。他们问阿Q,阿Q爽利的答道:'因为我想造反!'"以上不是阶级斗争是什么?鲁迅在不自觉的状态下把中国农村写出来了。

我们再来看为什么阿Q表现着革命的力量。

有人问鲁迅,为什么阿Q终于要做革命党?鲁迅回答说:"据我的意思,中国倘不革命,阿Q便不做,既然革命,就会做的。"鲁迅在当时还不能用阶级观点来说明这个问题。我们现在用阶级观点来看,阿Q的革命力量,是由阿Q的阶级地位决定的。这一点便格外使得鲁迅的小说添加生气，这一点使得我们学习马克思列宁主义也多了材料。阿 Q 的阶级意识，反抗力量，是必然地一天一天发展起来的，鲁迅简直控制不住，当发展到很像一个英雄好汉时，鲁迅是踌躇满志的，他并不是说他的小说写得好，是阿 Q 的生动活泼出乎他的意料了，被压迫到了极点的阿 Q 并不像他所痛恨的奴隶性的阿 Q。在小说的开始，阿 Q 也曾"愤愤"过，如第三章，"他付过地保二百文酒钱，愤愤的躺下了"，但连忙用"精神胜利法"来安慰自己，"现在的世界太不成话，儿子打老子……"这时阿 Q 还有工做，肚子不饿。到了第五章，情形便不同了。

> "有一日很温和，微风拂拂的颇有些夏意了，阿 Q 却觉得寒冷起来，但这还可担当，第一倒是肚子饿。棉被，毡帽，布衫，早已没有了，其次就卖了棉袄；现在有裤子，却万不可脱的；有破夹袄，又除了送人做鞋底之外，决定卖不出钱。他早想在路上拾得一注钱，但至今还没有见；他想在自己的破屋里忽然寻到一注钱，慌张的四顾，但屋内是空虚而且了然。于是他决计出门求食去了。
>
> 他在路上走着要'求食'，看见熟识的酒店，看见熟识的馒头，但他都走过了，不但没有暂停，而且并不想要。他所求的不是这类东西了；他求的是什么东西，

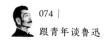
他自己不知道。"

鲁迅这时很想拿"熟识的馒头"之类来引诱阿Q似的，他应该要这类东西！然而阿Q不想要。他要的只是静修庵院里的萝卜！所以阿Q马上去偷萝卜。当阿Q慢慢走近院门的时候，鲁迅写着"阿Q仿佛文童落第似的觉得很冤屈"，可见阿Q到底还是求馒头之类的东西，可见阿Q不能满足于"精神胜利法"！他感得有冤屈，谁能把他的冤屈替他说明出来？靠他自己慢慢地觉悟。

到了第七章，阶级斗争的事实替他说明白了，革命"却使百里闻名的举人老爷有这样怕"，"未庄的一群鸟男女的慌张的神情，也使阿Q更快意"，于是阿Q想，"革命也好罢，革这伙妈妈的命，太可恶！太可恨！……便是我，也要投降革命党。"

农人要参加革命，这不是革命的力量是什么？这是革命的阶级力量。所以阿Q说着"造反了！造反了！"是真正的革命力量，足以使得赵太爷害怕，他别的什么都不怕。

阿Q说他要"投降"革命党，他是胡乱用了知识分子的词汇，他是唯物地看问题，他认识了问题，他要参加革命就是了，革命的利益代表他的利益就是了，没有别的"投降"的意义。那时还没有共产党，那时还不是土地改革，有土改工作队在农村里访贫问苦，阿Q要"投降"革命党，他找谁呢？他认为假洋鬼子是革命党，所以他去找假洋鬼子。这些事情都记在小说第八章里。阿Q走进假洋鬼子家里的时候，不敢开口，鲁迅说他"终于用十二分的勇气开口了"，这绝不是讽刺，阿Q是有十二分的勇气的！洋先生看见他，问道：

> "'什么？'
> '我……'
> '出去！'
> '我要投……'
> '滚出去！'洋先生扬起哭丧棒来了。"

阿Q的一件大事，他要投降革命党，这样可以解决许多问题，本着他的阶级意识他相信不疑的，而洋先生扬起哭丧棒来要他滚出去，用知识分子的词汇阿Q这时真是"如丧考妣"，世界没有希望了，在他的面前只有死路一条了。所以鲁迅在这时这样写阿Q："他快跑了六十多步，这才慢慢的走，于是心里便涌起了忧愁：洋先生不准他革命，他再没有别的路；从此决不能望有白盔白甲的人来叫他，他所有的抱负，志向，希望，前程，全被一笔勾销了。"这在另一面就表示阿Q要革命是农民要革命的决心的表现，是革命的力量的表现。这在鲁迅是艺术的客观求真的表现，人物的发展是这个样子。

第九章写阿Q关在监牢里，向两个乡下人说他想造反，

写得多么自然，多么有力量，正因为农民阶级是有力量的，革命是自然的，所以鲁迅的文章才自然，有力量。

阿Q不知道他是以抢犯的资格来受审判的，因为案子与他无关，他心里的一件冤屈未申是他要投降革命党而假洋鬼子不准他革命，现在既然是革命世界，所以他以为他现在可以在"大堂"申冤了，小说里是这样写：

> "'你从实招来罢，免得吃苦。我早都知道了。招来可以放你。'那光头的老头子看定了阿Q的脸，沉静的清楚的说。
>
> '招罢！'长衫人物也大声说。
>
> '我本来要……来投……'阿Q胡里胡涂的想了一通，这才断断续续的说。
>
> '那么，为什么不来的呢？'老头子和气的问。
>
> '假洋鬼子不准我！'
>
> '胡说！此刻说，也迟了。现在你的同党在那里？'
>
> '什么？……'
>
> '那一晚打劫赵家的一伙人。'
>
> '他们没有来叫我。他们自己搬走了。'阿Q提起来便愤愤。
>
> '走到那里去了呢？说出来便放你了。'老头子更和气了。

‘我不知道，……他们没有来叫我……’”

这里有两件事要注意，一、阿Q敢于当着人众叫“假洋鬼子”，说着“假洋鬼子不准我”，不准他革命，可见他的愤愤；二、也还是愤愤，“他们没有来叫我。他们自己搬走了。”所以鲁迅的杰作《阿Q正传》所写出来的，确是土地革命前的中国农村，即是辛亥革命的农村，在这样的农村里，“万事俱备，只欠东风”，——不过十年多，东风便吹起来了，马克思列宁主义输入中国，毛主席领导的中国新民主主义革命起来了。鲁迅的小说的价值，鲁迅自己还估计得不足。我们研究鲁迅，只有以毛主席的理论做指导，才能发现鲁迅的光辉。

5

描写人物的个性，关于小说的技巧，在这个问题上面我们从《阿Q正传》也可以取得经验。简单地说，通过社会关系来描写人物，则个性生动，就是典型环境典型性格，若离开社会关系凭作者的主观塑造人物，则流于概念化，在阶级社会里不存在你所塑造的东西。鲁迅在下笔写《阿Q正传》之前，是有概念化的倾向的，因为他要塑造中国的“国民性”，我们现在便把眼前的《阿Q正传》里面这个痕迹指出来。

阿Q的“恋爱的悲剧”，鲁迅是写得非常深刻的，因为

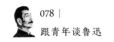
通过了一定的关系，阿Q是在赵太爷家里舂米，对象又是赵太爷家里的吴妈，又有赵秀才，赵府一家连两日不吃饭的太太（因为老爷要买一个小的）也在内，还有间壁的邹七嫂，还有地保，还有阿Q脱下来的不敢取回去的破布衫。（"那破布衫是大半做了少奶奶八月间生下来的孩子的衬尿布，那小半破烂的便都做了吴妈的鞋底。"）然而在这些关系没有布置好以前，小说的文章便不免抽象化了，如因了小尼姑的"断子绝孙的阿Q"这句话，写了这么一段：

> "阿Q的耳朵里又听到这句话。他想：不错，应该有一个女人，断子绝孙，便没有人供一碗饭，……应该有一个女人。夫'不孝有三，无后为大'，而'若敖之鬼馁而'，也是一件人生的大哀——所以他那思想，其实是样样合于圣经贤传的，只可惜后来有些'不能收其放心'了。"

又如这一段：

> "有人说：有些胜利者，愿意敌手如虎，如鹰，他才感得胜利的欢喜；假使如羊，如小鸡，他便反觉得胜利的无聊。又有些胜利者，当克服一切之后，看见死的死了，降的降了，'臣诚惶诚恐死罪死罪'，他于是没有了敌人，没有了对手，没有了朋友，只有自己在上，一

鲁迅创作《阿 Q 正传》的地方——北京八道湾十一号 |

个，孤另另，凄凉，寂寞，便反而感到了胜利的悲哀。然而我们的阿 Q 却没有这样乏，他是永远得意的：这或者也是中国精神文明冠于全球的一个证据了。"

从这些地方可以看出鲁迅的《阿 Q 正传》，是普遍的概括了"国民性"的弱点的。《阿 Q 正传》的成功，我们前面已经说明白了，是通过社会关系把人物都写出来了，是辛亥革命时代留下来的唯一的农村阶级斗争史。

鲁迅怎样写杂感

1

　　鲁迅在三十八岁时开始创作小说，同时也写杂感。小说这种艺术是需要一定时期的酝酿才能创作的，为了适应当前迫切的战斗任务，鲁迅在创作小说的同时，还运用杂感这种武器，更直接地跟敌人作战。鲁迅的热情后来都放在杂感里面。只有敌人，才害怕鲁迅的杂感，故意放空气，"鲁迅不行了，再不能创作了，只能写些杂感了！"而鲁迅的杂感是愈写愈多，战斗性愈写愈强，技术是愈写愈高，他后来不叫杂感，统统叫杂文，杂文便成了鲁迅的出色的创作。鲁迅为反动知识分子所恨死了，就是因为他用杂感作武器同黑暗势力斗争，给敌人以致命的打击。他也在斗争中改造自己，为了更好地掌握作战的武器，他学习了马克思列宁主义，成为卓越的共产主义者。

我们在前面说过，鲁迅同农民有深厚的关系。再一个重要的事情，就是鲁迅同青年的关系，他总是注意青年，爱护青年，当时除了李大钊同志而外，实在没有别人像鲁迅那样把青年当作同志的。在五卅时代，北京政府由军阀段祺瑞掌握政权。鲁迅因为同情青年学生，同现代评论派做斗争。当时北京女子师范大学学生反对校长杨荫榆，杨荫榆开除学生，引警察及打手进学校来打学生，章士钊以教育总长名义解散学校，教育部司长刘百昭又雇老妈子打学生，将学生拖出学校，许多教职员因而组织校务维持会。鲁迅说："我先是该校的一个讲师，于黑暗残虐情形，多曾目睹；后是该会的一个委员，待到女师大在宗帽胡同自赁校舍，而章士钊尚且百端迫压的苦痛，也大抵亲历的。"而当时现代评论派的陈西滢在《现代评论》上专门辟《闲话》一栏，散布谣言，淆乱是非，帮助做迫害学生的事。首先说鲁迅是挑剔学潮。这件事闹得很久，从五卅闹到三一八。在《华盖集》里有一篇《碰壁之后》就是关于女师大事件最早的一篇文章，写得很悲痛。鲁迅写他自己到女师大去，他说他"其时看看学生们，就像一群童养媳"。他说他在一个他所认识的教员的话里听到一句"你们做事不要碰壁"，在学生的话里听到一句"杨先生就是壁"。这一句学生的话把事情的本质多么直接地说出来了，是女学生受压迫而说的话。这时校长正在饭店里请客，对付学生。鲁迅自己回家，天色已经黄昏，他写了下面两段：

　　"我于是仿佛看见雪白的桌布已经沾了许多酱油渍，男男女女围着桌子都吃冰其淋，而许多媳妇儿，就如中国历来的大多数媳妇儿在苦节的婆婆脚下似的，都决定了暗淡的运命。

　　我吸了两支烟，眼前也光明起来，幻出饭店里电灯的光彩，看见教育家在杯酒间谋害学生，看见杀人者于微笑后屠戮百姓，看见死尸在粪土中舞蹈，看见污秽洒满了风籁琴，我想取作画图，竟不能画成一线。我为什么要做教员，连自己也侮蔑自己起来。……"

　　这是一九二五年五月二十一日夜写的。当时的读者或者以为鲁迅是说得太夸大了吧，怎么用得上"谋害""屠戮""死尸"的字样呢？然而在一九二六年三月十八日，鲁迅还正在那里写他的《无花的蔷薇之二》，已经写了三节，到第四节便是：

　　"已不是写什么"无花的蔷薇"的时候了。

　　虽然写的多是刺，也还要些和平的心。

　　现在，听说北京城中，已经施行了大杀戮了。当我写出上面这些无聊的文字的时候，正是许多青年受弹饮刃的时候。呜呼，人和人的魂灵，是不相通的。"

　　写这一节的时候，大约还只是"听说"，不知道详细，

接着第五节：

> "中华民国十五年三月十八日，段祺瑞政府使卫兵
> 用步枪大刀，在国务院门前包围虐杀徒手请愿，意在援
> 助外交之青年男女，至数百人之多。还要下令，诬之曰
> '暴徒！'"

这时章士钊是段祺瑞政府的秘书长。

这时陈西滢的《闲话》说："我们要是劝告女志士们，
以后少加入群众运动，她们一定要说我们轻视她们，所以我
们也不敢来多嘴。可是对于未成年的男女孩童，我们不能不
希望他们以后不再参加任何运动，是甚至于像这次一样，要
冒枪林弹雨的险，受践踏死杀之苦"的。他们认为"执政府
前原是'死地'，……群众领袖应负道义上的责任"，意思就
是说学生请愿，正同女师大学潮一样，是有鲁迅等人在指挥
的。这里就显出现代评论派的丑恶嘴脸，一方面替杀人的凶
手开脱罪行，一方面恶毒地污蔑革命的斗士。

这次死难人当中有女师大学生刘和珍，鲁迅有《记念刘
和珍君》一文，有云：

> "在四十余被害的青年之中，刘和珍君是我的学生。
> 学生云者，我向来这样想，这样说，现在却觉得有些踌
> 躇了，我应该对她奉献我的悲哀与尊敬。她不是'苟活

到现在的我'的学生，是为了中国而死的中国的青年。

　　她的姓名第一次为我所见，是在去年夏初杨荫榆女士做女子师范大学校长，开除校中六个学生自治会职员的时候。其中的一个就是她；但是我不认识。直到后来，也许已经是刘百昭率领男女武将，强拖出校之后了，才有人指着一个学生告诉我，说：这就是刘和珍。其时我才能将姓名和实体联合起来，心中却暗自诧异。……"

还有，我们看鲁迅这一节文章（《华盖集》里《并非闲话二》）：

　　"据说，张歆海先生看见两个美国兵打了中国的车夫和巡警，于是三四十个人，后来就有百余人，都跟在他们后面喊'打！打！'，美国兵却终于安然的走到东交民巷口了，还回头'笑着嚷道："来呀！来呀！"说也奇怪，这喊打的百余人不到两分钟便居然没有影踪了！'

　　西滢先生于是在《闲话》中斥之曰：'打！打！宣战！宣战！这样的中国人，呸！'

　　这样的中国人真应该受'呸！'他们为什么不打的呢，虽然打了也许又有人来说是'拳匪'。但人们那里顾忌得许多，终于不打，'怯'是无疑的。他们所有的不是拳头么？

但不知道他们可曾等候美国兵走进了东交民巷之后，远远地吐了唾沫？'现代评论'上没有记载，或者虽然'怯'，还不至于'卑劣'到那样罢。

然而美国兵终于走进东交民巷口了，毫无损伤，还笑嚷着'来呀来呀'哩！你们还不怕么？你们还敢说'打！打！宣战！宣战！'么？这百余人，就证明着中国人该被打而不作声！

'这样的中国人，呸！呸！！！'"

这是五卅惨案之后现代评论派的洋奴本相被鲁迅给戳穿了，鲁迅要把唾沫吐在这些卑劣的人的脸上！他们是帝国主义的奴才！

还有，这些人马上投奔蒋介石，鲁迅首先给戳穿了，我们翻《而已集》，有一篇《"公理"之所在》，有这一段记载：

"段执政有卫兵，'孤桐先生'秉政，开枪打败了请愿的学生，胜矣。于是东吉祥胡同的'正人君子'们的'公理'也蓬蓬勃勃。慨自执政退隐，'孤桐先生''下野'之后，——呜呼，公理亦从而零落矣。那里去了呢？枪炮战胜了投壶，阿！有了，在南边了。于是乎南下，南下，南下……"

鲁迅早已被他们迫害，这时到了广州，中国正在"清党"，现代评论派人于是乎南下南下。他们后来是怎样在蒋介石政权里帮凶，做帝国主义的走狗，中国人都知道。

所以鲁迅在北京这一段斗争的历史，看起来好像是女师大一个学校的事情，其实也是反映中国社会的本质的，是从五卅到三一八，鲁迅跟封建买办资产阶级斗争的历史。

2

鲁迅以杂感为武器作实际的社会斗争，与斗争的青年接触，他也确是在斗争中提高了自己。他在实际斗争中说："我为什么要做教员，连自己也侮蔑自己起来。"这是针对反动的段祺瑞政府屠杀青年说的，从这话里显出他对段祺瑞政府的憎恨。

他正在那里写"无花的蔷薇"，本来写的也是"刺"的，但听说北京城中施行大杀戮，就说："当我写出上面这些无聊的文字的时候，正是许多青年受弹饮刃的时候。呜呼，人和人的魂灵，是不相通的。"

他要纪念他的学生，他说："我应该对她奉献我的悲哀与尊敬。她不是'苟活到现在的我'的学生，是为了中国而死的中国的青年。"

他记下一九二六年三一八惨案，在后面注着："三月十八日，民国以来最黑暗的一天，写。"

从以上的文字，我们可以体会鲁迅在实践中的认识，对

我们学习鲁迅有莫大的意义。

一九二六年至一九二七年，中国发动了第一次国内革命战争，从广东北伐，打败了北洋军阀。到一九二七年，蒋贼介石叛变革命，实行"清党"，疯狂地屠杀革命的共产党员和人民，中国陷入史无前例的黑暗，比起鲁迅一年以前在北京所见的"黑暗"，只有更甚。毛主席后来在《论联合政府》里面指出当时的革命战士是怎样作战的："但是，中国共产党与中国人民并没有被吓倒，被征服，被杀绝。他们从地下爬起来，揩干净身上的血迹，掩埋好同伴的尸首，他们又继续战斗了。"这个时候鲁迅在广州。他离开广州，他曾说："我是在二七年被血吓得目瞪口呆，离开广东的，那些吞吞吐吐，没有胆子直说的话，都载在《而已集》里。"这几句极老实的话，就证明鲁迅已经有了变化，他在反革命的血腥的大屠杀面前，有着无比的愤怒。他感到自己作战的力量不够，慨叹自己"我只有'杂感'而已"。他要找寻更有力的武器来跟敌人作战，他到底抛弃了个性解放论，找到了马克思列宁主义这个最有力的作战的武器了。

鲁迅的杂文是诗史

鲁迅在《且介亭杂文》的序言里最后一段说道：

"这一本集子和'花边文学'，是我在去年一年中，在官民的明明暗暗，软软硬硬的围剿'杂文'的笔和刀下的结集，凡是写下来的，全在这里面。当然不敢说是诗史，其中有着时代的眉目，也决不是英雄们的八宝箱，一朝打开，便见光辉灿烂。我只在深夜的街头摆着一个地摊，所有的无非几个小钉，几个瓦碟，但也希望，并且相信有些人会从中寻出合于他的用处的东西。"

在这段话里，鲁迅把他的杂文的价值谦逊地然而公平地论定了。是的，鲁迅的杂文是我们的时代的诗史。伟大的中国，应该有一部伟大的诗史，把中国新民主主义革命反映出来，但这个工作太艰难，正同我们处在太阳底下难得用言辞

来形容太阳一样。而且我们已经有了毛主席的著作，那是指导革命的理论，正如同太阳一样给我们带来了光明。鲁迅的杂文却是从旁面做了中国新民主主义革命的诗史，它正好像一个月亮！

鲁迅一共有十四个杂文集，从一九一八年到一九三六年。不论长的，不论短的，篇篇是武器，篇篇是美文，篇篇是封建、半封建半殖民地的中国的写照。我们先看在北洋军阀时代他给我们留下了什么，在《灯下漫笔》（《坟》）里有这样的记载：

"西洋人初入中国时，被称为蛮夷，自不免个个瘿额，但是，现在则时机已至，到了我们将曾经献于北魏，献于金，献于元，献于清的盛宴，来献给他们的时候了。出则汽车，行则保护；虽遇清道，然而通行自由的；虽或被劫，然而必得赔偿的；孙美瑶掳去他们站在军前，还使官兵不敢开火。何况在华屋中享用盛宴呢？"

这篇文章注明是一九二五年四月二十九日写的。孙美瑶在津浦路劫车掳去西洋人站在军前使官兵不敢开火，反映当时朝野一般的心理。在同一篇文章里，鲁迅还有这样的记载：

"因此我们在目前，还可以亲见各式各样的筵宴，有烧烤，有翅席，有便饭，有西餐。但茅檐下也有淡饭，路旁也有残羹，野上也有饿莩；有吃烧烤的身价不资的阔人，也有饿得垂死的每斤八文的孩子（见《现代评论》二十一期）。"

饿得垂死的每斤八文的孩子！

我们读一九二六年六月二十八日《马上日记》（《华盖集续编》）三段：

"上午出门，主意是在买药，看见满街挂着五色国旗；军警林立。走到丰盛胡同中段，被军警驱入一条小胡同中。少顷，看见大路上黄尘滚滚，一辆摩托车驰过；少顷，又是一辆；少顷，又是一辆；又是一辆；又是一辆……车中人看不分明，但见金边帽。车边上挂着兵，有的背着扎红绸的板刀；小胡同中人都肃然有敬畏之意。又少顷，摩托车没有了，我们渐渐溜出，军警也不作声。

溜到西单牌楼大街，也是满街挂着五色国旗，军警林立。一群破衣孩子，各各拿着一把小纸片，叫道：欢迎吴玉帅号外呀！一个来叫我买，我没有买。

将近宣武门口，一个黄色制服，汗流满面的汉子从外面走进来，忽而大声道：草你妈！许多人都对他看，

但他走过去了，许多人也就不看了。走进宣武门城洞下，又是一个破衣孩子拿着一把小纸片，但却默默地将一张塞给我，接来一看，是石印的李国恒先生的传单，内中大意，是说他的多年痔疮，已蒙一个国手叫作什么先生的医好了。"

这种文章是生动的历史，是诗，有具体的形象。重要的当然是鲁迅的思想性。鲁迅所写的二十六年前军阀时代的北京，封建的北京，在新中国的太阳底下毫无踪影，然而当时是满街的形象。

下面则是蒋介石统治时期鲁迅在上海给我们留下的宝贵的史料，我们应该仔细地读。像《二心集》里有一篇《再来一条"顺"的翻译》，我们禁不住要把全文抄下来：

"这'顺'的翻译出现的时候，是很久远了；而且是大文学家和大翻译理论家，谁都不屑注意的。但因为偶然在我所搜集的'顺译模范文大成'稿本里，翻到了这一条，所以就再来一下子。

却说这一条，是出在中华民国十九年八月三日的《时报》里的，在头号字的'针穿两手……'这一个题目之下，做着这样的文章：

'被共党捉去以钱赎出由长沙逃出之中国商人，与从者二名，于昨日避难到汉，彼等主仆，均鲜血淋漓，语其友人曰，长沙有为共党作侦探者，故多数之资产阶级，于廿九日晨被捕，予等系于廿八日夜捕去者，即以针穿手，以秤秤之，言时出其两手，解布以示其所穿之穴，尚鲜血淋漓。……（汉口二日电通电）'

这自然是'顺'的，虽然略一留心，即容或会有多少可疑之点。譬如罢，其一、主人是资产阶级，当然要'鲜血淋漓'的了，二仆大概总是穷人，为什么也要一同'鲜血淋漓'的呢？其二、'以针穿手，以秤秤之'干什么，莫非要照斤两来定罪名么？但是，虽然如此，文章也还是'顺'的'因为在社会上，本来说得共党的行为是古里古怪；况且只要看过《玉历钞传》，就都知道十殿阎王的某一殿里，有用天秤来秤犯人的办法，所以'以秤秤之'，也还是毫不足奇。只有秤的时候，不用称钩而用'针'，却似乎有些特别罢了。

幸而，我在同日的一种日本文报纸《上海日报》上，也偶然见到了电通社的同一的电报，这才明白《时报》是因为译者不拘拘于'硬译'，而又要'顺'，所以有些不'信'了。倘若译得'信而不顺'一点，大略是应该这样的：

'……彼等主仆，将为恐怖和鲜血所渲染之经验谈，语该地之中国人曰，共产军中，有熟悉长沙之情形者，……予等系于廿八日之半夜被捕，拉去之时，则在腕上刺孔，穿以铁丝，数人或数十人为一串。言时即以

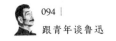
包着沁血之布片之手示之……'

　　这才分明知道，'鲜血淋漓'的并非'彼等主仆'，乃是他们的'经验谈'，两位仆人，手上实在并没有一个洞。穿手的东西，日本文虽然写作'针金'，但译起来须'铁丝'，不是'针'，针是做衣服的。至于'以秤秤之'，却连影子也没有。

　　我们的'友邦'好友，顶喜欢宣传中国的古怪事情，尤其是'共党'的；四年以前，将'裸体游行'说得像煞有介事，于是中国人也跟着叫了好几个月。其实是，警察用铁丝穿了殖民地的革命党的手，一串一串的牵去，是所谓'文明'国民的行为，中国人还没有知道这方法，铁丝也不是农业社会的产品。从唐到宋，因为迷信，对于'妖人'虽然曾有用铁索穿了锁骨，以防变化的法子，但久已不用，知道的人也几乎没有了。文明国人将自己们所用的文明方法，硬栽到中国来，不料中国人却还没有这文明，连上海的翻译家也不懂，偏不用铁丝来穿，就只照阎罗殿上的办法，'秤'了一下完事。

　　造谣的和帮助造谣的，一下子都显出本相来了。"

　　《再来一条"顺"的翻译》的题目，本来是讽刺那时上海主张"顺而不信"的翻译家的，鲁迅却写了这么一篇有极大思想内容的文章，暴露帝国主义和反动派对人民革命的恶毒的污蔑，并指出反动报纸的无知和可笑。我们于学习他的战斗精神之外，实在佩服他的杂文的手法，他写杂文同写小说一样，总是富有形象性，善于采用典型。一方面具体，一方面又集中，对读者印象深，效果大。

我们读《"友邦惊诧"论》（《二心集》），一九三一年写的，因为日本占据了辽吉，学生请愿，鲁迅写道："放下书包来请愿，真是已经可怜之至。不道国民党政府却在十二月十八日通电各地军政当局文里，又加上他们'捣毁机关，阻断交通，殴伤中委，拦劫汽车，攒击路人及公务人员，私逮刑讯，社会秩序，悉被破坏'的罪名，而且指出结果，说是'友邦人士，莫名惊诧，长此以往，国将不国'了！""好个国民党政府的'友邦人士'！是些什么东西！""可是'友邦人士'一惊诧，我们的国府就怕了，'长此以往，国将不国'了，好像失了东三省，党国倒愈像一个国，失了东三省谁也不响，党国倒愈像一个国，失了东三省只有几个学生上几篇'呈文'，党国倒愈像一个国，可以博得'友邦人士'的夸奖，永远'国'下去一样。"鲁迅是这样以他的笔杆打击帝国主义及帝国主义的走狗国民党政府的。

我们读一九三三年写的《天上地下》（《伪自由书》）：

"中国现在有两种炸，一种是炸进去，一种是炸进来。

炸进去之一例曰：'日内除飞机往匪区轰炸外，无战事，三四两队，七日晨迄申，更番成队飞宜黄以西崇

仁以南掷百二十磅弹两三百枚，凡匪足资屏蔽处炸毁几平，使匪无从休养。……'（五月十日《申报》南昌专电）

炸进来之一例曰：'今晨六时，敌机炸蓟县，死民十余，又密云今遭敌轰四次，每次二架，投弹盈百，损害正详查中。……'（同日《大晚报》北平电）

应了这运会而生的，是上海小学生的买飞机，和北平小学生的挖地洞。

这也是对于'非安内无以攘外'或'安内急于攘外'的题目，做出来的两股好文章。

住在租界里的人们是有福的。但试闭目一想，想得广大一些，就会觉得内是官兵在天上，'共匪'和'匪化'了的百姓在地下，外是敌军在天上，没有'匪化'了的百姓在地下。'损害正详查中'，而太平之区，却造起了宝塔。释迦出世，一手指天，一手指地曰：'天上地下，惟我独尊！'此之谓也。

但又试闭目一想，想得久远一些，可就遇着难题目了。假如炸进去慢，炸进来快，两种飞机遇着了，又怎么办呢？停止了'安内'，回转头来'迎头痛击'呢，还是仍然只管自己炸进去，一任他跟着炸进来，一前一后，同炸'匪区'，待到炸清了，然后再攘他们出去呢？……"

这里，鲁迅深刻地揭露反动派的罪行，他们用飞机轰炸来屠杀中国的革命的人民，实质上是在替帝国主义开路；指出所谓"非安内无以攘外"的本质，就是用血腥的屠杀来镇压人民革命，把人民革命镇压下去了，才可以安安稳稳做帝国主义的忠实的奴才。

我们读一九三三年写的《九一八》（《南腔北调集》），只读关于上海华界情状：

"至华界情状，却须看《大晚报》的记载了——

今日九一八

华界戒备

公安局据密报防反动

今日为'九一八'，日本侵占东北国难二周纪念，市公安局长文鸿恩，昨据密报，有反动分子，拟借国难纪念为由秘密召集无知工人，乘机开会，企图煽惑捣乱秩序等语，文局长核报后，即训令各区所队，仍照去年'九一八'实施特别戒备办法，除通告该局各科处于今晨十时许，在局长办公厅前召集全体职员，及警察总队第三中队警士，举行'九一八'国难纪念，同时并行纪念周外，并饬督察长李光曾派全体督察员，男女检查员，分赴中华路，民国路，方浜路，南阳桥，唐家湾，斜桥等处，会同各区所警士，在各要隘街衢，及华租界接壤之处，自上午八时至十一时半，中午十一时半至三时，下午三时至六时半，分三班轮流检查行人。南市大吉路公共体育场，沪西曹家渡三角场，闸北谭子湾等处，均派大批巡逻警士，禁止集会游行。制造局路之西，徐家汇区域内主要街道，尤宜特别注意，如遇发生事故，不能制止者，即向丽园路报告市保安处第二团长处置，凡工厂林立处所，加派双岗驻守，红色车巡队，沿城环行驶巡，形势非常壮严。该局侦缉队长卢英，饬侦缉领班陈光炎，陈才福，唐炳祥，夏品山，各率侦缉员，分头密赴曹家渡，白利南路，胶州路及南市公共体育场等处，严密暗探反动分子行动，以资防范，而遏乱萌。公共租界暨法租界两警务处，亦派中西探员出发搜查，以防反动云。

'红色车'是囚车，中国人可坐，然而从中国人看来，却觉得'形势非常壮严'云。……

年年的这样的情状，都被时光所埋没了，今夜作此，算是纪念文，倘中国人而终不至被害尽杀绝，则以贻我们的后来者。"

鲁迅在这里给我们指出，工人们要纪念"九一八国难二周纪念"，反动派却这样害怕，这样如临大敌，要阻止工人的爱国运动。这正说明反动派是跟人民站在敌对的立场上的。鲁迅就是这样子暴露反动派的面目，坚决地向敌人作战的。鲁迅的精神永垂不朽！中国人民永远纪念他！

我们要说的太多了，在这里想再提出三篇来，即《准风月谈》里的《推》《踢》《冲》三篇。

《推》的题目是这样写下去的：

"两三月前，报上好像登过一条新闻，说有一个卖报的孩子，踏上电车的踏脚去取报钱，误踹住了一个下来的客人的衣角，那人大怒，用力一推，孩子跌入车下，电车又刚刚走动，一时停不住，把孩子碾死了。

推倒孩子的人，却早已不知所往。但衣角会被踹住，可见穿的是长衫，即使不是'高等华人'，总该是属于上等的。

我们在上海路上走，时常会遇见两种横冲直撞，对于对面或前面的行人，决不稍让的人物。一种是不用两手，却只将直直的长脚，如入无人之境似的踏过来，倘不让开，他就会踏在你的肚子或肩膀上。这是洋大人，都是'高等'的，没有华人那样上下的区别。一种就是弯上他两条臂膊，手掌向外，像蝎子的两个钳一样，一路推过去，不管被推的人是跌在泥塘或火坑里。这就是我们的同胞，然而'上等'的，他坐电车，要坐二等所改的三等车，他看报，要看专登黑幕的小报，他坐着看得咽唾沫，但一走动，又是推。

上车，进门，买票，寄信，他推；出门，下车，避祸，逃难，他又推。推得女人孩子都踉踉跄跄，跌倒

了，他就从活人上踏过，跌死了，他就从死尸上踏过，走出外面，用舌头舔舔自己的厚嘴唇，什么也不觉得。旧历端午，在一家戏场里，因为一句失火的谣言，就又是推，把十多个力量未足的少年踏死了。死尸摆在空地上，据说去看的又有万余人，人山人海，又是推。"

后面还有几行，我们从略。文末注明一九三三年六月八日写的。

再是《踢》：

"两月以前，曾经说过'推'，这回却又来了'踢'。

本月九日《申报》载六日晚间，有漆匠刘明山，杨阿坤，顾洪生三人在法租界黄浦滩太古码头纳凉，适另有数人在左近聚赌，由巡逻警察上前驱逐，而刘，顾两人，竟被俄捕弄到水里去，刘明山竟淹死了。由俄捕说，自然是'自行失足落水'的。但据顾洪生供，却道：'我与刘，杨三人，同至太古码头乘凉，刘坐铁凳下地板上，……我立在旁边，……俄捕来先踢刘一脚，刘已立起要避开，又被踢一脚，以致跌入浦中，我要拉救，已经不及，乃转身拉住俄捕，亦被用手一推，我亦跌下浦中，经人救起的。'推事问：'为什么要踢他？'答曰：'不知。'

在上海闸北景云里住所工作中的鲁迅,摄于一九二八年。|

'推'还要抬一抬手，对付下等人是犯不着如此费事的，于是乎有'踢'。而上海也真有'踢'的专家，有印度巡捕，有安南巡捕，现在还添了白俄巡捕，他们将沙皇时代对犹太人的手段，到我们这里来施展了。我们也真是善于'忍辱负重'的人民，只要不'落浦'，就大抵用一句滑稽化的话道：'吃了一只外国火腿，'一笑了之。"

文章我们没有抄完。这是八月写的。

十月又写了《冲》：

"'推'和'踢'只能死伤一两个，倘要多，就非'冲'不可。

十三日的《新声》上载着贵阳通信说，九一八纪念，各校学生集合游行，教育厅长谭星阁临事张皇，乃派兵分据街口，另以汽车多辆，向行列冲去，于是发生惨剧，死学生二人，伤四十余，其中以正谊小学学生为最多，年仅十龄上下耳。……"

在这里，鲁迅指出，帝国主义、高等华人和反动派怎样屠杀和迫害中国人民。在他们看来，"所谓中国的文明者，其实不过是安排给阔人享用的人肉的筵宴。所谓中国者，其实不过是安排这人肉的筵宴的厨房"。(《灯下漫笔》)鲁迅把这些揭发出来，它的战斗作用，就是要大家起来"扫荡这些食人者，掀掉这筵席，毁坏这厨房"！我们读了可以想见毛主席说的"共产主义者的鲁迅，却正在这一'围剿'中成了中国文化革命的伟人"之一斑。

共产主义者鲁迅

从广州回到上海以后，鲁迅到底成了一名无产阶级的战士。我们应该发挥他的遗志光荣地胜利地称他为共产主义者。

我们先谈一个颇有趣味的事情，鲁迅在世时不可能读到毛主席一九二七年写的《湖南农民运动考察报告》，他如果读到了，他的《阿Q正传》所提出的问题都解决了。很有点像出乎鲁迅的意外，阿Q要造反，并不是鲁迅主观的捏造，是客观的反映，其真实的程度连鲁迅自己都不敢相信似的，阿Q敢于造反吗？在《阿Q正传》出世六年之后，就在一九二七年，中国的农民岂但敢于造反，还敢于做治国平天下的大事呢。真是"士别三日当刮目相待"。鲁迅这时如果读到毛主席的《湖南农民运动考察报告》，该是如何地出乎意外而又在乎意中！"出乎意外"是鲁迅无法解决的中国革命问题，毛主席在那篇文章里提出了有预见性的正确的解答；"在乎意中"是毛主席指出中国贫雇农所具有的革命性，鲁迅也认为阿 Q 终于要革命的。鲁迅以他深厚的感情，丰富的经验，敏锐的观察，已看到了阿 Q 的革命性了。我们且看《写在〈坟〉后面》里这几句极有价值的话：

> "去年我主张青年少读，或者简直不读中国书，乃是用许多苦痛换来的真话，决不是聊且快意，或什么玩笑，愤激之辞。古人说，不读书便成愚人，那自然也不错的。然而世界却正由愚人造成，聪明人决不能支持世界，尤其是中国的聪明人。"

这段话是针对当时反动的复古主义说的。当时的反动派害怕青年去革命，害怕青年接受马克思列宁主义，跟着中国共产党走，所以要提倡青年读古书，把青年引到钻古书的牛角尖里去，削弱了革命的力量，就是反动派文人的阴险的用心。鲁迅针对这种反动言论，劝青年少读或不读古书。他这里说的"中国书"是专指古书说的。中国的古书中间，有不少是宣传地主阶级的反动理论的。鲁迅在这里说的"愚人"和"聪明人"，就是指在封建社会里被剥夺了学文化机会的农民和靠剥削过活的地主。中国过去的封建社会，是靠农民的劳动来建立的；剥削阶级的地主是决不能支持当时的世界的。这是如何伟大的观点，是劳动观点，是群众观点，鲁迅于直感中得之。中国过去的历史虽然是"想做奴隶而不得"

与"暂时做稳了奴隶"的历史，但这部历史到底很长久，支持这长久历史的是什么人呢？是劳苦农民。这是事实。所以鲁迅在直感的状态下写出他的信念来了："然而世界却正由愚人造成，聪明人决不能支持世界，尤其是中国的聪明人。"他说得斩钉截铁。从这些，我们可以看出，鲁迅早期本着生物进化论的观点观察中国社会，也还是因为在那时这种思想与他的革命爱国的主观愿望相契合的缘故，后来因为事实的教训，从一九二七年住在上海以后，他倒真是研究起阶级论的学问来了，在《二心集》的序言里才能作出这样的科学的论断："只是原先是憎恶这熟识的本阶级，毫不可惜它的溃灭，后来又由于事实的教训，以为惟新兴的无产者才有将来，却是的确的。"思想上经过阶级论的武装，才认识工人阶级，因而人类解放，中国解放的前途，他便有着科学的论断了。像他这样的人，一切的话都是切实的，无论在发展了之后，无论在发展之中，只要我们细心体会。

瞿秋白同志曾说鲁迅是"经历了辛亥革命以前直到现在的四分之一世纪的战斗，从痛苦的经验和深刻的观察之中，带着宝贵的革命传统到新的阵营里来的。"这话鲁迅在当时是首肯了的。所以鲁迅名义上虽不是一个共产党员，实质上他是个共产主义者。这"宝贵的革命传统"，鲁迅确实是认为非常的宝贵，他曾一再作了记录。毛主席在《论人民民主专政》里引了宋朝的哲学家朱熹的话："即以其人之道，还治其人之身。"鲁迅《论"费厄泼赖"应该缓行》这篇文章里正是以朱熹的这句话作了总结他的战斗经验的标题。《写在"坟"后面》里面还要提起，他说，"最末的《论"费厄泼赖"》这一篇，也许可供参考罢，因为这虽然不是我的血所写，却是见了我的同辈和比我年幼的青年们的血而写的。"这血所写的便是人民民主专政的真理。

鲁迅从一九二七年住到上海以后，一直到一九三六年他在上海逝世，这十年之中，他随时准备为革命而献身，不仅仅只准备做"抚哭叛徒的吊客"。这个改变，便是鲁迅接受了事实的教训，同时充满了光明的信心。他在三一八前后还未离开北京时，便曾反省过，"我为什么要做教员，连自己也侮蔑自己起来。"及至在广州见了蒋贼介石的"清党"政策，他说他被血吓得目瞪口呆。他离开广东到上海，我们可以推想他一定有一番决心。这决心马上表现了，他以后就一直住在上海，领导左翼作家联盟，事实上成了一个党性极强的共产主义者。当一九三一年左联成员柔石等五位同志被杀，鲁迅写了《中国无产阶级革命文学和前驱的血》。他说，"我们的这几个同志已被暗杀了，这自然是无产阶级革命文学的若干的损失，我们的很大的悲痛。但无产阶级革命文学却仍然滋长，因为这是属于革命的广大劳苦群众的，大众存在一日，壮大一日，无产阶级革命文学也就滋长一日。我们的同志的血，已经证明了无产阶级革命文学和革命的劳苦大众是在受一样的压迫，一样的残杀，作一样的战斗，有一样的运命，是革命的劳苦大众的文学。"这些话把鲁迅的集体

主义表现得明明白白。

鲁迅后来的力量，便是集体主义的力量，他有了道路，有了依靠，他也愉快地担任起他的一份工作。

综观鲁迅一生，是革命的小资产阶级知识分子转变成共产主义战士的历史。当他成为共产主义战士的时候，他觉到他的真正力量还是党给的了。这时他重新考虑了许多问题，他对义和团的反帝斗争的看法就同以前不同，以前称这次事变为"拳匪事件"，在《八月的乡村》序里则称为"义和拳变"。这绝不是一件小事，这是伟大的思想的反映，这是认识了人民的力量，依靠人民的力量。

共产主义者的鲁迅对帝国主义的看法也比以前清楚得多，以前对西方资本主义国家总还注重它的文化，说到中国的灾难总还是从中国本身去挖掘原因，从过去的中国历史去挖掘原因，而不知道从鸦片战争以来，现在则斩钉截铁："我在中国看不见资本主义各国之所谓'文化'，我单知道他们和他们的奴才们，在中国正在用力学和化学的方法，还有电器机械，以拷问革命者，并且用飞机和炸弹以屠杀革命群众。"

苏联的影响，对于鲁迅的转变，是很大的。这可分作三方面来说，一是苏联的成功，一是无产阶级文艺理论，一是苏联文学。答国际文学社："现在苏联的存在和成功，使我确切的相信无阶级社会一定要出现，不但完全扫除了怀疑，而且增加许多勇气了。"这把第一面说得清清楚楚。无产阶级文艺理论，据我们推想，很帮助了鲁迅。鲁迅本来是唯物论者，他对于旧日所谓唯物的文学史家把艺术起源，艺术变化，归之于生物学的原因，归之于自然环境，归之于社会变迁，一种平行的说法，想来也是习而不察认为当然的，而蒲力汗诺夫在《艺术论》里成功地作了科学的分析。鲁迅讲文学起源说的"杭育杭育派"的通俗说法，就是从蒲氏来的。治文学的人从源头上把艺术与"劳动"与"集体"两大事件的关系认识清楚了，等于解决了一个基本问题，文学不为人民服务为什么？而在鲁迅更不成问题，他是通过文艺理论学习马克思主义，是理论联系实际的问题。一定替他解决了许多疑问，使得他思想开朗。他在《三闲集》序里也叙明了这点。这是第二面。再说苏联文学对他的关系。那时只有《铁流》同《毁灭》的翻译，而《毁灭》是鲁迅自己翻译的。他在答瞿秋白同志论翻译的信里有这样的话："总之，今年总算将这一部纪念碑的小说，送在这里的读者们的面前了。译的时候和印的时候，颇经过了不少艰难，现在倒也退出了记忆的圈外去，但我真如你来信所说那样，就像亲生的儿子一般爱他，并且由他想到儿子的儿子。还有《铁流》，我也很喜欢。这两部小说，虽然粗制，却并非滥造，铁的人物和血的战斗，实在够使描写多愁善病的才子和千娇百媚的佳人的所谓'美文'，在这面前弄到毫无踪影。"在儿子没有生出以前，是无法认识儿子的，想象也是徒然，到得精神面貌就展在眼前，那又真是唯英雄能识英雄了，鲁迅可以说是久矣夫

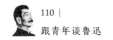

就渴慕这"铁的人物和血的战斗",而今这人物就是十月革命所产生的,就是苏联社会所产生的,他怎能不相信苏联!他亲生的儿子应该说是《阿Q正传》,可以说他是羡慕世间有"铁的人物和血的战斗"因而写《阿Q正传》的,"铁的人物和血的战斗"在苏联有了,鲁迅看见了,更过到现在,中华人民站起来了,战斗英雄,劳动模范,在中国各地出现了,——其实只因为有毛主席理论的照耀,历史正是从《阿Q正传》发展来的。鲁迅只不及我们亲眼看见了胜利,我们应该发挥他的遗志光荣地胜利地称他为共产主义者。

鲁迅对文学形式和文学语言的贡献

我们现在的文章同古代文章有很不相同的面貌。最极端的例子是鲁迅所举的"'原来,你认得。'林冲笑着说。"——我们现在的形式。古人的形式是:"林冲笑道:'原来,你认得。'"我们现在当然是欧化,这样的欧化从鲁迅的小说起,连当时《新青年》同人刘半农都反对。鲁迅解释这种欧化"并非因为好奇,乃是为了必要。"适应这个"必要",确是文体上一个大进步。

原来中国古代的文章是不分段的,不管一篇有多么长,一篇就是一大段而已,像一条长蛇一样。我们举上古的《左传》同近代的《水浒传》作例。《左传》开头一篇长的,是《郑伯克段于鄢》,这一篇传第一个字是一个"初"字,即是写事情开始的时候,一个母亲生了两个儿子。中间写变故。最后事情解决了,最后一句是:"遂为母子如初。"所以从前作古文的人曾经批道:"'初'字起,后仍至'初'字

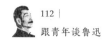
结。"它真是这个形式:"初——如初。"从第一个字"初"密密连连直到最末个字"初",中间没有空白。再看《水浒传》。《水浒传》每一回,从"话说"起硬要连到"且听下回分解"止才是古人的文章,并不是我们现在出版的《水浒传》把一回分成若干段,每段都另外起行的样子。一回既然就是一大段而已,然而在一回之中叙的不是同一地点同一时间的事情,怎么办呢?那便只好来个文章游戏,最简单的是把两地之间插一句"一路无话",两天的事插一句"当夜无话"。如果像我们现在用提行分段的办法,便用不着那些麻烦了。既然提行分段,那么写着"'原来,你认得。'林冲笑着说。"当然不是上句不接下句,而是在口语里常有的情况,先述所说的话,再说明说话的人。所以鲁迅说"乃是为了必要"。而"林冲笑道:'原来,你认得。'"反而成了旧小说里千篇一律的形式,必须先写说话的是谁,再写所说的话,就缺少了写人物对话时的戏剧性。

鲁迅的《药》最初发表时,许多人大大地不以为然,为什么要这样写:

　　"老栓,你有些不舒服么?——你生病么?"一个花白胡子的人说。

　　"没有。"

　　"没有,——我想笑嘻嘻的,原也不像……"花白胡子便取消了自己的话。

其实这样写，合乎情节的自然，加上了小说的戏剧性，是因为提行分段的排列法。提行分段的排列法在理论文章里也非常有必要，使得古今文体发生了变化。我们现在谈鲁迅最初写小说，鲁迅对小说形式所做的贡献。这个贡献我们已经肯定了的。

鲁迅自己说："又因那时的认为'表现的深切和格式的特别'，颇激动了一部分青年读者的心。"这所谓"格式的特别"，不只如我们上面所说的句法的欧化（其实汉语在口语里本来就有这样的说话），还有介绍情节的方法比起中国原有的小说戏剧来亦显得特别。中国的戏剧主人公自报姓名同关系，在小说里作者亦向读者报道人物的姓名同关系，鲁迅的《药》则完全是采外国形式，要读者自己从前后文去联系，其效果确是"颇激动了一部分青年读者的心"。然而就这一层说，到底是外国形式好，还是中国原有的形式好，我们认为是相对的，在以后谈民族形式问题时还要谈到。

下面说鲁迅对文学语言的贡献。

本来，就文学语言说，每个时代伟大的作家，以及一些不知名的民间艺人，各有各的特点，做出了各自的贡献。好比《水浒传》的语言，《红楼梦》的语言，都值得我们专门去研究。我们现在是说鲁迅。我们说鲁迅，当然不是说鲁迅的语言超过以前的人，更不是说鲁迅的语言样样条件具备，就采用口语方面说，鲁迅自己就认为他做得不够。我们是把鲁迅对中国文学语言所做的独特的贡献肯定下来。

　　鲁迅在五四新文学运动开始时，他的语言特点，同古代陶渊明有相似的情况。陶渊明写诗的语言去掉了陶渊明以前以及与他同时的诗人所用的辞藻，所以历史上曾有人批评陶渊明"辞采未优"，他们不知道陶渊明的特点就在他能够白描。鲁迅的小说，比起中国近代的戏曲以及章回小说来，其特点也正是白描，选词造句去掉了一切不需要的东西。根据我们大家整个的印象，《水浒传》《红楼梦》是无所谓浮词套语的，究其实还是有，像《水浒传》里什么"雪地里踏着碎琼乱玉"，什么"时逢端午，蒲宾节至"，《红楼梦》写装饰要说"打扮的桃羞杏让，燕妒莺惭"，写哭要说"一腔无明未曾发泄"，都还是一般旧习惯。口头上说写文章要去陈腐非难事，但做起来真不易，鲁迅在五四新文学运动一开始时真实地写出东西来了，这一来令当时的青年读者耳目一新。《药》里这样的文章："西关外靠着城根的地面，本是一块官地；中间歪歪斜斜一条细路，是贪走便道的人，用鞋底造成的，但却成了自然的界限。路的左边，都埋着死刑和瘐毙的人，右边是穷人的丛冢。两面都已埋到层层叠叠，宛然阔人家祝寿时候的馒头。"《社戏》里写一群小孩子看戏怕看老旦的心理："然而老旦终于出台了。老旦本来是我所最怕的东西，尤其是怕他坐下了唱。这时候，看见大家都很扫兴，才知道他们的意见是和我一致的。那老旦当初还只踱来踱去的唱，后来竟在中间的一把交椅上坐下了。我很担心；双喜他们却就破口喃喃的骂。我忍耐的等着，许多工夫，只见那老旦将手一抬，我以为就要站起来了，不料他却又慢慢的放下在原地方，仍旧唱。"这些都是鲁迅的白描的语言。鲁迅有时采用文言作句子，念起来还是很顺口，如《论雷峰塔的倒掉》里特别有这么一句："现在，他居然倒掉了，则普天之下的人民，其欣喜为何如？""普天之下"虽是古语，但在当时还是很习用的，所以鲁迅采用在文章里。同一篇里他又用了这么一句口语："活该。"那是采用口头语入文，用得真好。从这里看到他的语言的丰富，对他说来可谓要什么有什么。他有一篇《记"发薪"》，是叙他当时在北京教育部被革职后去领欠薪的事情，领薪的规则要亲自领，本人如不在北京就没有，文章这样写："就到会计科，一个部员看了一看我的脸，便翻出条子来。我知道他是老部员，熟识同人，负着'验明正身'的重大责任的。"这里"验明正身"四个字把事情写得显豁极了，意思深刻极了，万恶社会侮辱正义原形毕露。原来"验明正身"，是旧社会里犯人临刑前官员要查验一下，那个犯人有没有搞错，有没有调包的事。鲁迅用在这里，说明当时的反动官僚不仅迫害他，革掉了他在教育部里的职位，还在他领欠薪时像对待犯人那样对待他。

在他的杂文《春末闲谈》里描写细腰蜂捉虫子的情形："有时衔一支小青虫去了，有时拉一个蜘蛛。青虫或蜘蛛先是抵抗着不肯去，但终于乏力，被衔着腾空而去了，坐了飞机似的。"下面又写："这细腰蜂不但是普通的凶手，还是一种很残忍的凶手，又是一个学识技术都极高明的解剖学家。

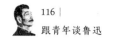

她知道青虫的神经构造和作用，用了神奇的毒针，向那运动神经球上只一螫，他便麻痹为不死不活状态，这才在他身上生下蜂卵，封入窠中。青虫因为不死不活，所以不动，但也因为不活不死，所以不烂，直到她的子女孵化出来的时候，这食料还和被捕当日一样的新鲜。"这真是鲁迅的语言。我们再抄《马上支日记》所记："早晨被一个小蝇子在脸上爬来爬去爬醒，赶开，又来；赶开，又来；而且一定要在脸上的一定的地方爬。打了一回，打它不死，只得改变方针：自己起来。"真是鲁迅的语言。

鲁迅的语言的特点正是他的强烈的思想感情的表现，加以他的知识丰富，于是他的笔——他的攻击旧社会的武器便锋利无比。《春末闲谈》里他描写细腰蜂对待青虫，是挖苦统治者对待被统治者的，要被统治就须不活，要供养统治者又须不死，人类"没有了细腰蜂的毒针，却使圣君、贤臣、圣贤、圣贤之徒，以至现在的阔人、学者、教育家觉得棘手。"末了他说，人的思想无论如何是要反抗的，不能像细腰蜂一样不死不活。他用了《山海经》上"刑天"的典故，刑天没有头而活着，还要"执干（盾牌）戚（斧）而舞"。鲁迅又这样写："陶潜先生又有诗道：'刑天舞干戚，猛志固常在。'连这位貌似旷达的老隐士也这么说，可见无头也会仍有猛志，阔人的天下一时总怕难得太平的了。"这是鲁迅善于引用古书，把意思表现得多么好。像这样引用古书，也是文学语言的一个因素。

最后我们应该说明一件事，关乎语法。我们把所有鲁迅的文章仔细地读，确是想起鲁迅对他自己写作所说的一句话："一定要它读得顺口。"所以读得顺口，便是句子合乎语法。说合乎语法并不是说句子一定要造得非常机械，一定要有主语、动词、宾语，而主语、动词、宾语只可以有一种排列法。不是的，是可以有多种多样的变化的。像句子的次序有时有必要较旧日文章颠倒一下，如我们前面所说的把"林冲笑道：'原来，你认得。'"写作"'原来，你认得。'林冲笑着说。"又如把"虽然"分句放在后面，也是鲁迅采取的欧化句子，这句便是："这样的中国人真应该受'呸！'他们为什么不打的呢？虽然打了也许又有人说是'拳匪'。"这些句子里的汉语语法一点也没有改变。斯大林在《马克思主义与语言学问题》里面告诉我们，语法有它的稳固性，不能强迫同化的。我们现在常有人仿照外国语法，几个词连用在一块，一定在最后一个之前加个"和"字，这样做是机械的。在口语里，几个词连用在一块儿，可以有几种说法，像鲁迅有一个题目就叫作《狗、猫、鼠》，同老百姓说"马、牛、羊"一样，——老百姓不说"马、牛和羊"。鲁迅又有一个题目叫作《聪明人和傻子和奴才》，中间连用两个"和"字，也正是老百姓口里常有的话，合乎汉语的规律，汉语的"和"字是可以连用两个的。鲁迅是欧化的创始人，但我们要辨清楚，他给我们创造了新的文体，他扩大了我们的句法，他并没有改变汉语的语法。

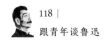

鲁迅的艺术特点

我们在这里所介绍的鲁迅的艺术特点是指鲁迅的杂文。

本来一切艺术有个共同的特点，那就是形象同典型两件事。鲁迅的小说给了我们许多形象，给了我们许多典型，大家所最熟悉的有孔乙己、闰土、阿Q、祥林嫂、爱姑等，除了阿Q我们已经作过分析外，其余的现在都不能谈。我们现在特别对杂文作一番介绍。鲁迅的杂文，以形象性同典型性达到议论的效果，是作战时锋利的武器，是短兵相接时的匕首。鲁迅在杂文的创作上有极大的成就。我们已有了《鲁迅的杂文是诗史》一章，那里面所举的例子都在说明着鲁迅杂文的形象性，典型性，它不仅是一桩一桩的史料而是一件一件的艺术品。然而在那些杂文里我们注意的还是历史。现在让我们认识，鲁迅杂文到底好在哪一点。

要认识一件美术品，最好的方法是把这个东西放在你的眼前。我们要认识鲁迅的杂文的特点，也不能有别的更好的方法，除了看原文。下面我们从《花边文学》里选出两篇杂文来看。

"此生或彼生"

"'此生或彼生。'

现在写出这样五个字来，问问读者，是什么意思？

倘使在《申报》上，见过汪懋祖先生的文章，'……例如说"这一个学生或是那一个学生"，文言文只须"此生或彼生"即已明了，其省力为何如？……'的，那就也许能够想到，这就是'这一个学生或是那一个学生'的意思。

否则，那回答恐怕就要迟疑。因为这五个字，至少还可以有两种解释：一、这一个秀才或是那一个秀才（生员）；二、这一世或是未来的别一世。

文言比起白话来，有时的确字数少，然而那意义也比较的含胡。我们看文言文，往往不但不能增益我们的智识，并且须仗我们已有的智识，给它注解，补足。待到翻成精密的白话之后，这才算是懂得了。如果一径就用白话，即使多写了几个字，但对于读者，'其省力为何如？'

我就用主张文言的汪懋祖先生所举的文言的例子，证明了文言的不中用了。"

这真是一支精兵，这支精兵又只是一幅漫画，把敌人全部缴械了。文言不及白话的道理，谁也没有鲁迅说得明白，谁的话也不及鲁迅的道理叫人喜欢听，因为鲁迅的文章是艺术品。鲁迅当然有一肚子拥护白话文的议论在，但他都不用，他从报纸上抓住了一个敌人，（他经常保卫阵地不放松任何敌人的！）他只给我们指点出来，说："你们看，纸老虎，一戳就穿了！"我们胜利了，鲁迅的任务完成了，至今留下了一篇美文。

知了世界

中国的学者们，多以为各种智识，一定出于圣贤，或者至少是学者之口；连火和草药的发明应用，也和民众无缘，全由古圣王一手包办：燧人氏、神农氏。所以，有人以为"一若各种智识，必出诸动物之口，斯亦奇矣，"是毫不足奇的。

况且，"出诸动物之口"的智识，在我们中国，也常常不是真智识。天气热得要命，窗门都打开了，装着无线电播音机的人家，便都把音波放到街头，"与民同乐"。咿咿唉唉，唱呀唱呀。外国我不知道，中国的播音，竟是从早到夜，都有戏唱的，它一会儿尖，一会儿沙，只要你愿意，简直能够使你耳根没有一刻清净。同时开了风扇，吃着冰淇淋，不但和"水位大涨""旱象已成"之处毫不相干，就是和窗外流着油污，整天在挣扎过活的人们的地方，也完全是两个世界。

我在咿咿唉唉的曼声高唱中，忽然记得了法国诗人拉芳丁的有名的寓言："知了和蚂蚁"。也是这样的火一般太阳的夏天，蚂蚁在地面上辛辛苦苦地作工，知了却在枝头高吟，一面还笑蚂蚁俗。然而秋风来了，凉森森的一天比一天凉，这时知了无衣无食，变了小瘪三，却给早有准备的蚂蚁教训了一顿。这是我在小学校"受教育"的时候，先生讲给我听的。我那时好像很感动，至今有时还记得。

但是，虽然记得，却又因了"毕业即失业"的教训，意见和蚂蚁已经很不同。秋风是不久就来的，也自然一天凉比一天，然而那时无衣无食的，恐怕倒是现在的流着油汗的人们；洋房的周围固然静寂了，但那是关紧了窗门，连音波一同留住了火炉的暖气，遥想那里面，大约总依旧是咿咿唉唉，"谢谢毛毛雨"。

"出诸动物之口"的智识，在我们中国岂不是往往不适用的么？

中国自有中国的圣贤和学者。"劳心者治人，劳力者治人；治于人者食（去声）人，治人者食于人"，说得多么简截明白。如果先生早将这教给我，我也不至于有上面的那些感想，多费纸笔了。这也就是中国人非读中国古书不可的一个好证据罢。

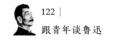
鲁迅的这篇短文章所发挥的该是多么伟大的议论，他要告诉我们剥削阶级的世界是怎样的不合理，而他写得太短了，太好了，我们读了之后懂得的事情又太多了。首先他的题目就有形象性，吸引人。他所用的词句，都是典型性的，足以代表上海，代表全中国，代表"知了世界"，代表劳苦人民，也代表了旧社会的不稳定，什么"受教育""毕业即失业"等，还拿出了圣经贤传的话作为经济基础的上层建筑的代表。"水位大涨"，"旱象已成"，都是中国人民的生命所关，见之于当时的报载，鲁迅文章里引用了这八个字，加了两个引号，画了一幅内地水旱图。而上海是"知了世界"！四个字鲁迅把有闲阶级写得一文不值。我们就这样认识鲁迅的杂文。

鲁迅怎样对待文化遗产和民族形式

从鲁迅的写作实践以及他前前后后文章里的话，我们可以体会出鲁迅对待祖国文化遗产以及文学艺术的民族形式的深心。在这里，正是立场与方法的表现，鲁迅是人民的立场，现实主义的方法。

凡属富有反抗性的、爱国的、人民的东西，鲁迅都爱之若生命。他也便从这些东西里面吸取养料。我们看他怎样爱屈原，《彷徨》的题词里就表示鲁迅同情于屈原的爱国。"路漫漫其修（长）远兮，吾将上下而求索。"屈原为了担心楚国的危亡，在尽力找寻挽救楚国的路；鲁迅为了担心中国的危亡，也在尽力找寻中国革命的路。当时的时代，使鲁迅格外懂得古代的《离骚》，懂得屈原的爱国主义精神。他在二十三岁时题自己的照片，有"寄意寒星荃不察"之句，意思是说，当时有权力的人不了解他的爱国心，所以他只能把自己的一番心意寄托给天上的星星。"荃不察"就是从屈原

的诗《离骚》中"荃不察余之中情"来的。屈原用"荃"来指楚怀王，说明楚怀王不了解他。鲁迅到将死之年写复仇的《女吊》，还提到屈原的《国殇》。他读《山海经》注意了"刑天"的故事。因此他又爱好陶渊明。他真是把古书都弄活了，提醒了我们的斗争意志，增加了我们读书的兴趣。他从圣经贤传里几次提起"时日曷丧，余及汝偕亡！"这是人民诅咒压迫他们的统治者为什么不灭亡。凡这些都非常明白地表现着鲁迅对待文化遗产的精神。

他几次给我们介绍他的故乡的"目连戏"，都是民间的创造，鲁迅真是乐道不已。我们在讲鲁迅的少年的时候曾提起过他在《我怎样做起小说来》这一篇文章里自述他写小说的方法是学习中国民间艺术的，因为中国民间艺术都是只有几个主要的人，不要背景，所以鲁迅的小说只写典型人物，不描写风月。这个意义非常之大，如果不是鲁迅自己告诉我们，我们恐怕很难探索他的根源。这是鲁迅的现实主义创作方法，同时是中国人民的文化遗产。我们把这个伟大的创作力法同胡适大卖气力替"老残游记"描写风景抬高地位相比较，便可知道什么是革命的什么是反动的，什么是人民的什么是剥削阶级的。我们真要学习鲁迅，鲁迅是站在人民的立场用现实主义的方法来对待文化遗产。

当然，对于封建性的东西，对于阻碍中国革命前进的反动势力，对于反动派麻醉青年拖住青年的伎俩，鲁迅是嗅觉最敏锐的，这是一九二五年鲁迅在北京大张旗鼓地反对开

"青年必读书"的单子的缘故。一九三三年他在上海又反对劝青年读"庄子""文选"。当时有许多人都向青年开了一张读古书的单子的，这些人除了像反革命分子胡适别有用心以外，别的跟着胡适走的人，现在想起来不是只有惭愧吗？不是格外佩服鲁迅的革命的战斗精神吗？不是更清楚地认识到鲁迅的立场和观点的正确吗？

我们再谈一谈民族形式问题。鲁迅最初写小说，他采用民间艺术写人不写景的方法，我们要待他后来告诉我们才知道底细，我们当时一读了他的小说就为他所吸引的是他从外国移植过来的小说的形式。外国的小说形式（包括外国的戏剧形式），其介绍人物的程序，情节发展的步骤，都和中国小说戏剧向来所采取的"列传"式的体裁不同，而中国列传式的体裁倒是有它的真实的好处，收到它的亲切的效果，而且为中国老百姓所喜闻乐见的。我们就鲁迅的《药》说，对青年知识分子有极大的影响，对人民大众恐怕就疏远了，这里头有一个形式问题。在五四初期，外国形式一新读者的耳目，是起了文学革命的作用的，到今日则应该从历史上来对艺术形式问题作一番考察，这个消息，鲁迅到他后来就已经流露出来了。我们读《且介亭杂文》里《连环图画琐谈》这一段：

"但要启蒙，即必须能懂。懂的标准，当然不能俯就低能儿或白痴，但应该着眼于一般的大众，譬如罢，

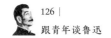

中国画是一向没有阴影的，我所遇见的农民，十之九不赞成西洋画及照相，他们说：人脸那有两边颜色不同的呢？西洋人的看画，是观者作为站在一定之处的，但中国的观者，却向不站在定点上，所以他说的话也是真实。那么，作'连环图画'而没有阴影，我以为是可以的；人物旁边写上名字，也可以的，甚至于表示做梦从人头上放出一道毫光来，也无所不可。观者懂得了内容之后，他就会自己删去帮助理解的记号。这也不能谓之失真，因为观者既经会得了内容，便是有了艺术上的真，倘必如实物之真，则人物只有二三寸，就不真了，而没有和地球一样大小的纸张，地球便无法绘画。"

这所说的虽然是指着图画，其所涉及的问题实在是外国形式和民族形式的区别。鲁迅的感情不很是偏向在民族形式一方面吗？就小说说，外国小说所叙出的人物、时间和地点，是假设无形中有一个照相机在那里替读者拍照出来的，便是鲁迅说的"观者作为站在一定之处的"，否则就怕失真，怕读者问你，"你怎么知道这个人在这个时候出现在这个地方呢？"现在则说："这是一张照片，连人物脸上的阴影也照出来了！"那当然是千真万确的了。外国剧本上人物登场向来没有自道名姓的，——哪有人自己不知道自己呢？小说里也无须乎要作者介绍人物的姓名，因为照相机不能在照片上面说话，那样便有不真实的嫌疑。其实从中国的民族形式说来，大可不必如此，反正我们是在这里说故事，只要故事说得真，人物的个性写得好，作者告诉读者"此人姓鲁，名达，如今唤作鲁智深……"有何嫌疑可避呢？这便是中国的"列传"体。中国的图画也是如此，在《水浒传》卷头的鲁智深图像上面便写着"花和尚鲁智深"，所以鲁迅说"人物旁边写上名字，也可以的"。在戏台上，鲁达登台，便大叫："洒家关西鲁达的便是！"观众真是喜欢极了。我们要的是"艺术上的真"，不是"实物之真"。当然，外国的艺术也是要"艺术上的真"，不是"实物之真"。不过就艺术形式说，外国形式与中国民族形式确实是有照相与说故事之分。我们的老百姓是很有道理喜欢自己的形式的。鲁迅真真懂得这个缘故，为人民喜闻乐见起见，他早已给我们作了提示了。

向鲁迅学习

　　前面一十四章，是我们向青年读者介绍鲁迅，方法着重于引鲁迅的文章为印证，企图读者读了这些引文，加以我们的说明，对鲁迅可能有一个轮廓的认识，从而帮助读者进一步去读鲁迅的作品。

　　最后我们认为我们应该向鲁迅学习的有六件事：

　　一、学习鲁迅的革命爱国主义精神。鲁迅是革命的，是爱国的，革命爱国主义是他一贯的精神，所以他最后能走进无产阶级的阵营。

　　二、学习鲁迅对理论的信心。鲁迅同一般经验派不同，他最注重理论。他初期相信进化论，以为将来总比现在好，青年总比老年进步。（但他是革命者，一般庸俗进化论者具有的改良观念鲁迅没有。）后来在广州亲眼看见国民党的大屠杀，刽子手并不都是老头子，他受了深刻的教训，从而学习阶级论的理论，因此他的思想武装起来了，他的斗争意志更坚定了，相信"惟新兴的无产者才有将来"。不懂得学习理论的重要，就不懂得鲁迅。

三、学习鲁迅的自我改造。鲁迅因为是革命爱国主义者，又因为他重视理论，实践起来便表现他的自我改造。

一个革命爱国主义者，重要的是革命的胜利，国家的前途，所以鲁迅在五四初期便说："此后如竟没有炬火，我便是唯一的光。倘若有了炬火，出了太阳，我们自然心悦诚服的消失，不但毫无不平，而且还要随喜赞美这炬火或太阳，因为他照了人类，连我都在内。"我们更注意他在《一件小事》里曾亲切地叙述一个正义的洋车夫对"我"的"威压"，"甚而至于要榨出皮袍下面藏着的'小'来。"他在这篇文章的末了还说："这事到了现在，还是时时记起。我因此也时时熬了苦痛，努力的要想到我自己。……独有这一件小事，却总是浮在我眼前，有时反更分明，教我惭愧，催我自新，并且增长我的勇气和希望。"这是多么有勇气的人的话，多么认识力量的人的话。从这些话里，看到鲁迅这时已经在歌颂劳动者的优秀品质，对小资产阶级知识分子作了深刻的自我批判。到了学习马克思列宁主义，知道革命的真义，首先要革自己的思想意识，即是自我改造，那才真是"时时熬了苦痛，努力的要想到我自己"！他在《二心集》的序言里曾批判自己"正是中产的智识阶级分子的坏脾气"。"关于小说题材的通信"答复小资产阶级的作家："然而假使永是这样的脾气，却是不妥当的。"必须"逐渐克服自己的生活和意

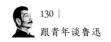

识。"我们应该向鲁迅学习这种自我改造的精神！

鲁迅早期相信进化论，相信个性解放，这些以生物进化论的观点对待社会问题的看法，会取消了阶级斗争，发现不了群众的力量，无法解决中国革命问题。这些思想都属于资产阶级思想范畴，对当时西欧的革命思想说来，它是反动的；但对当时半封建半殖民地的中国说来，还有它一定的反封建的进步作用。所以鲁迅早期的思想，并不妨碍他成为反封建的战士。随着革命形势的发展，他克服自己的思想意识，那真不是一件简单的事，他动手翻译蒲力汗诺夫的《艺术论》，科学的文艺理论把他引入了集体主义。他先前崇拜卢梭、斯谛纳尔、尼采、托尔斯泰、伊孛生等辈，而且说"中国很少这一类人，即使有之，也会被大众的唾沫淹死。"现在他要把自己纳入大众的洪流，自己应该"心悦诚服的消失"！这时他在上海领导左翼作家联盟，他在"黑暗中国的文艺界的现状"里说："惟有左翼文艺现在在和无产者一同受难，将来当然也将和无产者一同起来。"我们应该学习鲁迅的自我改造！

四、学习鲁迅以文学为政治服务的光辉榜样。鲁迅曾经说笑话似的说他的文学是"遵命文学"，遵革命者的命写的文学。这话有很深的意义，鲁迅道出了他的真情，就是说他是甘心为革命服务的。毛主席告诉我们要把鲁迅的"横眉冷对千夫指，俯首甘为孺子牛"两句诗当作座右铭，这两句诗便包括了鲁迅的整个精神，前句是同敌人斗争，后句是为人民服务。我们自己常常以为"赶任务"写不出好的作品来，我们要是看看鲁迅的"遵命文学"的光辉成就，我们自己恐怕是政治热情不够！学习本领当然是必要的，因为我们还没有鲁迅会写，更重要的是学习鲁迅做"牛"的感情，也就是为政治服务的主动精神。

五、学习鲁迅不做空头文学家的指示。不做空头文学家，是鲁迅积一生的经验在自己将死的时候对孩子的遗嘱。这句话对我们小资产阶级出身的文艺作家有极大的教育意义。在今日，实现这句话的具体道路是深入工农兵，向工农兵学习。我们有极其光荣的使命，有前人所未有的工程等待我们做。

六、学习鲁迅的劳动。把《鲁迅全集》摆在面前，我们看，鲁迅一生怎样忘我地劳动着！在一九三六年，他写那篇《死》的时候，说了这样的话："从去年起，每当病后休养，躺在藤椅上，每不免想到体力恢复后应该动手的事情：做什么文章，翻译或印行什么书籍。想定之后，就结束道：就是这样罢——但要赶快做。"我们要学习鲁迅的为人民鞠躬尽瘁、死而后已。

一九五三年一月十七日写毕于东北人民大学，
一九五五年八月修改、补充